# JOURNAL

### D'UNE

# INFIRMIÈRE

#### PENDANT

## LA GUERRE DE 1870-71

## SARREBRUCK. — METZ. — CAMBRAI

### Troisième édition.

### Bruxelles

## LIBRAIRIE POLYGLOTTE DE F. CLAASSEN

##### RUE DE LA MADELEINE, 86

#### 1871

**FRIEDRICH KLINCKSIECK**

LIBRAIRE DE L'INSTITUT IMPÉRIAL DE FRANCE.

11, RUE DE LILLE, PARIS.

h 4
1907

# JOURNAL D'UNE INFIRMIÈRE

# JOURNAL

### D'UNE

# INFIRMIÈRE

### PENDANT

## LA GUERRE DE 1870-71

SARREBRUCK. — METZ. — CAMBRAI

**Troisième édition.**

## Bruxelles

LIBRAIRIE POLYGLOTTE DE F. CLAASSEN

RUE DE LA MADELEINE, 86

—

1871

Pendant tout le temps que je passai dans les ambulances de Sarrebrück, de Metz et de Cambrai, j'avais l'habitude d'annoter chaque soir, au courant de la plume, l'emploi de ma journée, ainsi que mes observations et mes impressions personnelles. J'avais soin aussi d'ajouter à mon journal les communications les plus intéressantes que je recevais de correspondants qui, dans d'autres milieux, se trouvaient en communauté de pensée et d'action avec moi.

Les pages qui suivent, détachées de ce journal, n'ont pas la prétention d'être un livre. Je les adresse, comme une sorte de compte rendu et comme une marque de reconnaissance, à toutes les personnes qui, directement ou indi-

était la petite-fille de la vénérable M<sup>me</sup> Wirth, l'autre une de mes nièces, qui m'avait accompagnée dans mon voyage. M. Wirth, notre cher économiste, était tout à l'espoir du bonheur que lui promettait son prochain mariage avec une femme charmante; M<sup>me</sup> Behrends, son intéressante sœur, tout à ses joies maternelles, m'entretenait avec bonheur de son fils unique, alors à Paris. Nul de nous ne pressentait la triste éventualité d'une guerre prochaine entre la France et la Prusse. La politique et les journaux avaient été en quelque sorte bannis de notre vie, à laquelle semblaient suffire, en ces heures de trop courte durée, les joies du cœur, les beautés de la nature, les promesses de l'avenir.

Au moment de quitter ces excellents amis, le regret de nos adieux se trouva adouci pour moi par la promesse que me fit M<sup>me</sup> Behrends de venir me retrouver bientôt en Belgique avec sa fille. Ce ne fut, hélas! que huit mois plus tard, et après une série d'événements douloureux, dont les circonstances nous rendirent l'une et l'autre témoins, que nous nous retrouvâmes à Bruxelles.

A mon retour en Belgique le 15 juillet, la guerre venait d'être déclarée par la France à la Prusse.

Le 21 juillet, le Comité central de l'Association belge pour secours aux blessés et aux malades en temps de guerre (1), fondé à Bruxelles en 1863, à la suite du congrès de Genève, se réunit et décida l'institution d'un Comité de dames, dont il me confia l'organisation. Ce Comité avait pour mission : 1° de recueillir les souscriptions de toute nature; 2° d'organiser des ateliers et des

_____

(1) Ce Comité était dirigé par M. Visschers, président, MM. Geelhand, Roussel, le général Pletinckx, vice-présidents, M. Van Holsbeke, secrétaire général, M. Cantoni, trésorier, MM. les docteurs Bougard, Merchie et Manceaux.

magasins de linge, de vêtements et d'objets de pansements; 3º de stimuler, parmi les femmes belges, les dévouements personnels pour le service des ambulances et des hôpitaux. Une circulaire, qui exposait le but de ce Comité et sollicitait le concours de toutes les femmes pour le succès de notre œuvre, fut répandue dans tout le pays et reproduite par la voie de nos journaux. Cet appel à la charité fut entendu. Des adhésions nous arrivèrent de toutes parts, et dès le 26 juillet, fut institué un Comité de dames, dont j'acceptai la présidence (1). Mlle Emma Greyson fut désignée pour en être la secrétaire, Mme Émile Morel de Westgaver accepta les fonctions de trésorière, Mme Verspyck fut chargée d'organiser et de présider un sous-comité de dames à Ixelles, Mmes Barbanson et Faber remplirent la même mission à Bruxelles et à Saint-Josse-ten-Noode.

S. M. la Reine daigna accorder son précieux patronage à notre œuvre.

Les salles du Jardin botanique furent transformées en magasins, dont Mlle Pauline Reitz accepta la direction. Divers ateliers s'organisèrent sous l'impulsion de cette intéressante artiste, dont le dévouement actif se soutint durant toute la durée de la guerre, parfois même au détriment de sa santé et de ses intérêts personnels. Grâce aux efforts de ces dames, les souscriptions (2)

(1) Il se composait de Mmes de Liem. Bne Goethals. Thiebaut, Mergé, Bne Goffinet. Pouchin. Verspyck. Barbanson. Faber. Fortamps, Gillet, Jitta. Noël. Marie et Pauline Reitz. Greyson, Van Hasselt, Cattoir. Gérard. Bertrand. Desart. Everaerts. Gillis, Donnet, David, Mockel. Carlier. Bérardi. Simon. Seutin, Van Holsbeke, Bourson. Warnots et Van Overbeek.

(2) Les sommes versées successivement par Mme Morel entre les mains du trésorier du comité central s'élevèrent à 40,469 fr.

et les envois en nature affluèrent bientôt dans les magasins du Jardin Botanique. L'exemple donné par les dames de la capitale fut suivi par les provinces. Dans le nombre des sous-comités qui s'y formèrent et se mirent en rapport avec nous, celui de Bruges, sous la direction de M^me Ablay-Perceval, se distingua surtout par le choix et l'abondance de ses envois au magasin central. Parmi les offres de services qui me furent faites pour les fonctions d'infirmières, je crus ne devoir accepter définitivement que celles des dames qui m'étaient personnellement connues ou particulièrement recommandées, et je remis le nom des autres au Secrétaire général du Comité central, qui aurait à faire les désignations ultérieures.

A cette époque, tout entière aux soins et aux préoccupations de notre entreprise charitable, qui commençait d'ailleurs sous de si favorables auspices, je reçus de mon excellente amie de Berne, une lettre dont voici la traduction littérale :

" Que sont devenues, „ m'écrivait M^me Behrends, " cette douce „ tranquillité, cette aimable paix dont nous jouissions ensem- „ ble, il y a quelques jours à peine ? En ce moment, cette nature „ souriante que nous admirions en nous aimant si bien, semble „ vouloir nier la réalité des nouvelles sinistres qui sont venues „ nous plonger dans de mortelles angoisses. Mon fils m'écrit que „ la guerre est inévitable. En lisant sa lettre, je me dis que mon „ Herman est fou... que c'est impossible... puis j'ai douté et j'ai „ eu peur. Le ministre résident de l'Allemagne du Nord, chez „ lequel j'ai couru immédiatement, m'a confirmé l'affreuse nou- „ velle. Je me suis décidée à me faire admettre en qualité „ d'infirmière dans la Société internationale de la Croix-Rouge. „ Le ministre m'a engagée à écrire à la reine de Prusse. J'ai „ suivi son conseil; j'attends mon fils, et, après l'avoir vu, je „ partirai, j'irai soigner les enfants d'autres mères qui, comme „ moi, pleurent et tremblent en ce moment.....

„ Mon fils était hier, là, à cette place où nous parlions de lui et
„ des vôtres, il y a huit jours seulement; maintenant il est parti.
„ Ai-je besoin, mon amie, de vous dire ce que j'ai éprouvé en le
„ voyant s'éloigner d'ici? J'ai essayé de lui cacher ma souffrance.
„ Je n'ai pas voulu me plaindre. J'ai applaudi à ses nobles et
„ courageux sentiments de patriotisme, il veut défendre à tout
„ prix sa patrie menacée. Lorsqu'il me parlait ainsi, je me sen-
„ tais tout à la fois fière de ce fils qui fait ma joie, et désespérée
„ dans mon amour maternel. Je reviendrai, mère, m'a-t-il dit, et
„ si je ne revenais pas, adieu. Oh! ce dernier baiser! ce dernier
„ regard! Dans mes angoisses, je cherche à me rattacher à l'es-
„ pérance, à élever encore en moi, s'il est possible, le senti-
„ ment du devoir, je cherche ma force dans le souvenir hé-
„ roïque de ces mères, dont l'histoire a conservé les noms. Ce
„ n'est pas là que je trouverai le repos dont mon cœur a besoin.
„ Chaque famille a ses devoirs et ses sacrifices. Je le sens bien,
„ le soutien n'est qu'en moi-même. Le travail, le dévouement à
„ la cause que sert mon fils, et pour laquelle on me demande le
„ sacrifice de ce que j'ai de plus cher au monde, voilà les seules
„ sources où j'irai puiser des forces..... je me prépare à partir
„ dès demain, si je le puis... „

Mᵐᵉ de Crombrugghe à Mᵐᵉ Behrends :

« Je suis mère et je vous aime, c'est vous dire que je com-
„ prends vos tourments et que j'en souffre avec vous et pour
„ vous..... Quelques dames et moi n'attendons ici que le signal
„ du Comité central belge de la Croix-Rouge, pour nous rendre
„ aussi sur le théâtre de la guerre. Les hostilités vont commencer
„ dit-on, sur les rives de la Saar, il est probable qu'on nous
„ dirigera de ce côté. Peut-être nous rencontrerons-nous, je
„ prie Dieu qu'il en soit ainsi. Courage, espoir, pauvre mère!
„ Nos amis C. et moi applaudissons au parti que vous prenez; es-
„ pérons que vous trouverez, dans le travail et le dévouement,
„ sinon le repos, du moins la satisfaction du cœur..... Écrivez-
„ moi et adressez vos lettres à Hélène qui reste à Bruxelles,
„ elle veut bien se charger de nous faciliter en mon absence
„ les moyens de correspondance. „

# SARREBRÜCK

# SARREBRÜCK

Dès les premiers jours du mois d'août, le bombardement de Sarrebrück, les batailles de Spicheren, de Forbach et de Wissembourg, etc., avaient fait un nombre considérable de blessés. Le moment approchait où nous allions être appelées à rendre des services personnels aux victimes d'une guerre dont ces engagements meurtriers n'étaient encore que le prélude.

Bruxelles, 18 août.

M. le Secrétaire général du Comité belge de secours aux blessés, m'a apporté ce soir une dépêche envoyée par le président du Comité de Coblence, réclamant des infirmiers et des infirmières volontaires, pour les hôpitaux de Trèves. J'ai averti immédiatement M^{lle} Teichman,

1.

Mᵐᵉ la comtesse de Renesse et Mᵐᵉ Boucher-Nypels, que notre départ pour l'Allemagne est fixé à samedi prochain.

M. le Secrétaire général s'est chargé de son côté de prévenir les dames dont le Comité central a accepté les offres de service.

19 août.

Toute cette journée a été consacrée aux préparatifs de notre départ. Aidée par Mˡˡᵉ Pauline Reitz et par plusieurs dames de notre Association, j'ai fait emballer dans des caisses que nous emporterons demain, des vêtements, du linge, du tabac, du vin, des biscuits, du thé, du chocolat, de l'essence de Liebig, des médicaments et beaucoup d'autres objets à l'usage des blessés et des malades. Pendant la séance du Comité de la Croix-Rouge, j'ai insisté pour que ces Messieurs voulussent bien déterminer la mission dont ils me confient la direction, ainsi que les conditions dans lesquelles s'engagent les infirmières volontaires. Il est entendu que nous nous rendons à Trèves où nous aurons à mettre nos services à la disposition de M. le président Ernsthausen.

Sur ma proposition, le Comité a approuvé séance tenante un projet de règlement dont voici les articles : 1° Chaque groupe d'infirmiers ou d'infirmières sera conduit par un des membres de l'Association; 2° les infirmiers ou infirmières s'engagent avant de partir, à suivre en toutes circonstances, les instructions de leur chef respectif; 3° le chef de groupe est autorisé par le Comité directeur à régler les frais de route et de séjour. Tout infirmier ou infirmière est autorisé à en réclamer le payement, s'il juge ne pas pouvoir faire lui-même ces dépenses.

Les chefs de groupe auront, à leur retour, à soumettre leur comptabilité au Comité directeur.

Dans cette même séance, M^me Verspyck a été désignée pour prendre en mon absence la direction du Comité général des dames.

---

Dans la matinée du samedi 20 août, M^mes de Renesse, Bosquet, Bisson, M^lles Nyssens, de Milly, Pluys, Rothermel, Van Dyck se trouvaient exactes au rendez-vous donné chez moi. La bonne Thérèse Dumet, ancienne et fidèle domestique de la famille, était venue me rejoindre pour nous accompagner.

Quelques membres du Comité général se rendirent à la réunion et nous remirent nos diplômes et nos brassards d'infirmières. Ces Messieurs voulurent nous accompagner jusqu'à la gare, et firent mille bons vœux pour le succès de notre mission. Le groupe d'infirmiers qui sous la direction de M. Carré, préposé du Comité, faisait partie de notre expédition, s'y trouvait à notre arrivée. M^me Boucher nous a rejoints à la station de Namur.

A la gare de Luxembourg, nous fûmes reçus par un membre du Comité de secours de cette ville, qui avait été informé de notre prochaine arrivée. Par ses soins des logements avaient été préparés pour nous à l'hôtel. Un des membres délégués du Comité de Bruxelles devant, pensions-nous, se trouver en ce moment à Trèves, nous lui adressâmes une dépêche pour le prier de nous envoyer des voitures le lendemain, à l'endroit où s'arrêtait le train. Partis de bon matin de Luxembourg, nous fûmes désappointés de ne point trouver à Wasserbillig les équipages demandés; nous étions vingt-sept personnes et nous emportions avec nous une trentaine de caisses destinées aux ambulances. Une calèche et un cabriolet seulement s'y trouvaient à la disposition des voyageurs. Nous y fîmes monter celles de nos dames les moins exercées à la marche. La pluie tombait avec violence, il fallut bien toutefois en prendre bravement son parti et se mettre en route.

A une lieue de Trèves, nous rencontrâmes des voitures envoyées par un membre du Comité de cette ville à qui, en l'absence du délégué de Bruxelles, avait été remis ce matin seulement notre télégramme. Un des omnibus alla prendre nos caisses restées à la gare de Wasserbillig. Arrivés à Trèves, nous trouvâmes ce même Monsieur qui partait pour Sarrebrück où l'on réclamait, disait-il, force secours de toute nature, tant y était grand l'encombrement des blessés. Il nous engagea à prendre sans délai la même direction. Me conformant tout d'abord aux indications que nous avait données le Comité de Bruxelles, je me hâtai de me rendre avec M. Carré chez le Président. A notre grande surprise, M. Ernsthausen nous dit qu'il ignorait complétement qu'on eût appelé en son nom des infirmiers et des infirmières pour les hôpitaux de Trèves, suffisamment pourvus de secours personnels, croyait-il; mais il nous assura que nos services seraient en ce moment accueillis avec reconnaissance à Sarrebrück ou dans les environs de cette ville; les batailles de Spicheren, de Forbach, et les engagements qui avaient eu lieu ces derniers jours du côté d'Ars-sur-Moselle et de

Courcelles avaient fait une quantité considérable de victimes.

Nous rentrâmes à l'hôtel et avertîmes nos compagnons
de route que nous prendrions à 2 heures le train pour
Sarrebrück. Je profitai des quelques instants qui me restaient pour écrire au Comité central. Je l'informai de
notre départ pour Sarrebrück et le priai de vouloir bien,
jusqu'à nouvel avis, ne pas nous envoyer, notre groupe
étant assez nombreux, d'autres infirmières que M^{lles} Teichman et Thys qui ne s'étaient pas trouvées prêtes le jour
de notre départ.

En prévision des événements qui auraient pu nous
appeler sur le théâtre même de la guerre, et exiger une
augmentation de personnel, je recommandais, dans ma
lettre au Secrétaire général, de procéder avec la circonspection voulue au choix des dames qui se présenteraient
pour nous rejoindre.

A notre grand regret, nous dûmes laisser à Trèves
M^{me} de Renesse, retenue par une indisposition.

Il ne faut ordinairement aux trains que deux heures
pour franchir la distance qui sépare Trèves de Sarrebrück. Ce jour-là, toutes les stations étaient si encombrées
de convois de blessés dirigés vers l'intérieur de l'Allemagne, que nous restâmes plus de sept heures en route
pour arriver à une halte encore éloignée d'une lieue de
Sarrebrück. Après une nouvelle et longue attente, le ma-
chiniste détacha la locomotive et personne ne nous donna
avis que le train stationnerait là jusqu'au lendemain. En
quittant Trèves, où nous avions abandonné à l'hôtel nos
caisses et une partie de notre bagage personnel, nous nous
étions munis de provisions; mais à chaque gare, il se
trouvait, dans tous les convois de blessés, tant de malheureux qui, outre leurs souffrances, enduraient encore le

tourment de la soif et de la faim que nous n'avions pas hésité à leur distribuer nos propres ressources. Notre petite caravane commençant elle-même à en sentir la privation, deux de nos compagnons de route s'offrirent pour aller en éclaireurs, juger de la possibilité pour nous de gagner à pied la ville de Sarrebrück et de nous y loger. Ces Messieurs tâcheraient de nous apporter quelques aliments. Ils revinrent après minuit les mains vides. Ils avaient trouvé toutes les maisons et les boutiques fermées ; les hôtels encombrés de monde étaient inabordables.

Il fallut se résigner au jeûne et attendre le jour dans les voitures. Vers trois heures du matin, nous prîmes le chemin de la ville, chacune de nous portant son bagage. Les journaux français avaient donné au bombardement et à la prise de Sarrebrück des proportions telles, que nous nous étonnâmes fort en traversant cette ville de n'y trouver d'autres traces de la catastrophe, que quelques façades de maisons endommagées, des vitres brisées, des cheminées abattues, quelques murailles ébréchées. Les bâtiments de la gare seuls avaient été en partie incendiés.

J'appris, en arrivant à la station du chemin de fer, que le Commandant de la place y tenait son quartier général ; c'était à cet officier supérieur que M. le président Ernsthausen nous avait engagés à nous adresser. La gare présentait, en ce moment, un spectacle aussi étrange qu'émouvant. Des trains y amenaient incessamment des transports de blessés ; d'autres s'en éloignaient emportant dans la direction de Metz des troupes qui s'en allaient en chantant. Des cuisines en plein vent, des boutiques de boissons et de pain, s'étalaient sur le quai qui sépare la voie de Trèves de celle de Metz. C'était un va-et-vient incessant et bruyant de soldats, d'hommes et de femmes portant des brassards, arrivant, partant, se cherchant, s'appelant, puis, chose lamentable, partout des blessés! Les uns assis sur des bancs et pansés à la hâte par des Diaconites portant le costume uniforme de l'ordre ; d'autres étendus le long des trottoirs, où ils attendaient en gémissant qu'on vînt les relever. Les salles de la gare étaient remplies de soldats, couchés tout sanglants sur de la paille et que la gravité de leurs blessures empêchait de transporter plus loin.

On se sentait pris de vertige, au milieu de tout ce désordre et de tout ce bruit. Nous montâmes, M. Carré et moi, chez le Commandant dans une des salles du bâtiment, épargnée par l'incendie, où un soldat prussien nous pria d'attendre. Nous y trouvâmes le général Plombain et quelques officiers français ; ils étaient blessés et prisonniers. Le général, apprenant que j'étais Belge, me pria de lui donner des nouvelles du lieutenant général Chazal, auquel le liait une affection déjà ancienne et me chargea d'un message pour lui.

Sur ces entrefaites, le Commandant arriva, nous fit un accueil poli et nous engagea à nous adresser au comte de Solms, président du comité des Johannites (1), qui ont en Prusse le monopole des secours, en temps de calamités publiques.

Il était six heures alors. Nous nous rendîmes à l'hôtel

---

(1) Les Johannites, ou chevaliers de Saint-Jean, ont reçu en Allemagne la direction de la Société de la Croix-Rouge. Le prince de Pless est le chef de cette association de bienfaisance et dispose de son personnel. Les *Sociétés de secours mutuels* pour malades et blessés fournissent le matériel nécessaire aux ambulances; elles ont des délégués indépendants de l'Ordre des Johannites. Toutefois ceux-ci exercent une certaine action dans chacun de ces comités de secours.

où logeait le comte de Solms ; mais, vu l'heure matinale, nous ne pûmes obtenir une audience. On nous assurait toutefois que le comte ne tarderait pas à descendre dans la salle à manger. Je retournai à la gare et y rejoignis l'escouade belge que je priai d'attendre patiemment que j'eusse trouvé à nous caser. Plusieurs hôtels où nous nous étions présentés n'avaient pu nous recevoir, le logement et les vivres y faisant partout défaut.

En ce moment, nous aperçûmes dans un groupe de voyageurs le délégué de Bruxelles, M. Éloin, tout prêt à monter dans un train qui partait, et que nous n'avions pas eu la chance de rencontrer jusque-là. Il était resté dans l'ignorance de notre itinéraire et de notre arrivée. Il se mit immédiatement à notre disposition. Je le priai de m'accompagner, en qualité de délégué du Comité belge, chez le comte de Solms, qui nous reçut poliment ; mais sans témoigner le désir de nous encourager et de nous aider dans notre mission.

En retournant à la gare, nous rencontrons des officiers allemands qui reviennent de Courcelles. Ils nous font de la situation des blessés un tableau si déchirant, que nous nous décidons à partir pour ce village. Mais, au même instant, le chef de la station nous avertit que défense vient de lui être faite de laisser partir pour cette direction d'autres voyageurs que des soldats ou des infirmiers envoyés par MM. les Johannites. On ajoute que des maraudeurs qui parcourent le pays rendent le trajet dangereux, que l'eau manque dans les localités qui avoisinent Metz. Des femmes ne peuvent se hasarder dans une pareille expédition.

Renonçant à regret à notre résolution de nous diriger sur Courcelles, force nous fut de nous occuper de notre installation à Sarrebrück, en dépit de l'accueil peu encourageant du comte de Solms. Nous nous adresserons cette fois au médecin en chef des hôpitaux ordinaires, l'honorable M. Küpper; mieux que personne, ce fonctionnaire nous renseignerait sur l'opportunité et l'utilité de notre séjour dans cette ville. Nous voilà donc à la recherche du docteur Küpper. Il n'était pas chez lui; mais nous le trouverions, nous dit-on, dans l'une ou l'autre des ambulances qu'il visite sans cesse. Nous parcourons la ville, entrant dans tous les locaux sur lesquels flotte le drapeau de la Croix-Rouge, allant d'ambulance en ambulance, d'hôpital en hôpital. Quelques-uns de ces refuges improvisés sont assez bien tenus; d'autres sont de véritables cloaques, où, dans une atmosphère empestée, agonisent et meurent un grand nombre d'individus horriblement mutilés.

Au moment où nous entrions dans l'une de ces ambulances, on y procédait à une opération; le patient n'avait pu être chloroformé, c'était un soldat français qu'entouraient toutes personnes ne parlant que l'allemand. Je m'approchai de lui. « Mon Dieu! pitié! pitié! » murmurait-il en pleurant. Du courage, mon fils! lui dis-je en lui prenant la main. Jamais je n'oublierai l'expression de son regard; c'était au milieu d'atroces souffrances comme un éclair d'espoir qui rayonnait sur ce visage baigné de larmes. « Oh! ma mère! ma mère! répéta-t-il; puis, se reprenant : Je croyais que vous étiez ma mère, me dit-il. » « C'est le bon Dieu que vous appeliez tantôt à votre se- » cours qui m'a envoyée pour la remplacer ici auprès de » vous, cher enfant, lui dis-je en m'agenouillant auprès de » son lit. » Je restai quelques instants ainsi, lui parlant doucement, et réussissant à le calmer un peu, jusqu'à ce l'opération fût achevée. On vint m'avertir alors que M. Küpper se trouvait dans une ambulance voisine. Le docteur m'a fait un excellent accueil. Il n'était pas étonné du tout que le chef des Johannites n'eût pas daigné accepter l'offre de notre concours. Toutefois, il ne nous dissimula pas le mécontentement qu'il éprouvait de voir ces Messieurs repousser nos services, alors que le personnel en exercice suffit à peine aux nécessités des hôpitaux seuls. Dans peu de jours, l'érection de nouvelles ambulances à Sarrebrück y exigera un bien plus grand nombre d'infirmiers volontaires. Il nous assura que nous serions ici pour lui de très-utiles auxiliaires et nous engagea fort à nous fixer dans cette ville. Mais le docteur ne continua pas l'entretien avant de m'avoir conduite chez lui pour m'y faire reposer. J'en avais, je l'avoue, grand besoin ; je marchais depuis trois heures du matin, il était midi. Je ne tardai pas toutefois d'aller rejoindre mes compagnes à la gare. Sur ces entrefaites, M. le délégué du Comité avait réussi à trouver pour nous des logements dans un des hôtels de la ville. Nos chambres y sont bien étroites ; mais qu'importe ? Nous avons désormais la perspective de pouvoir nous utiliser ici, et nous nous trouvons casées toutes ensemble. M. Küpper vint nous rejoindre à l'hôtel et nous proposa la direction et le service d'un ensemble de baraques encore en construction, dont l'achèvement prochain permettrait d'y recueillir 200 pensionnaires réservés à nos soins. En attendant que nous puissions nous y utiliser d'une manière régulière, le docteur autotorise nos dames à visiter toutes les ambulances de la ville et à y porter secours et consolations aux malheureux blessés. Il me confie la surveillance d'une des salles de l'hôpital militaire, où se trouvent des officiers français qui seront heureux, me dit-il, de recevoir les soins d'une dame parlant leur langue.

Dans l'après-midi, nous visitâmes le champ de bataille

très-proche de la ville, On nous y désigna successivement l'endroit où le jeune prince impérial s'était exercé,
pour la première fois, à l'art de la destruction par la mitrailleuse et l'auberge que traversa de part en part un
obus, pendant qu'elle abritait l'Empereur; les arbres
auxquels furent attachés pour y être fusillés, par ordre du
général Frossard, ceux des soldats français qui, le lendemain du bombardement, s'étaient rendus coupables de
vols ou de délits à l'égard de citoyens inoffensifs. A quelques pas de là, nous cessâmes d'avancer, on enterrait les
morts que l'on s'était borné à recouvrir d'une légère
couche de terre......

23 août.

Je reprends mon journal. Hier au soir j'ai visité à
l'hôpital militaire les officiers français. Ils sont cinq, occupant une même chambre; la malpropreté qui y règne,
jointe aux émanations qu'exhalent les plaies des nombreux blessés de cet établissement, n'est pas de nature
à favoriser la guérison de ceux qui pourraient l'espérer.
Les officiers se plaignent de la mauvaise tenue de cet
hôpital et du service fait par des infirmiers allemands
gagés, qui se montrent, disent-ils, peu prévenants, pour
ne rien dire de plus. Mais, ils parlent en termes émus de
la bonté et du dévouement que leur témoigne une jeune
dame allemande qui, s'étant constituée leur protectrice,
s'ingénie à adoucir leur triste position. Mlle Clara Heinrichs n'est pas à son début dans la carrière d'infirmière
volontaire. Durant les dernières guerres de la Prusse,
elle s'était particulièrement signalée par le dévouement

qu'elle prodigua aux adversaires de sa patrie, vaincus, prisonniers et blessés, et par là-même, disait-elle, trois fois à plaindre. Ce même sentiment de générosité l'amenait encore auprès de ces officiers français; malheureusement elle ne parle pas leur langue, et elle veut quitter Sarrebrück, où sa charité pour des ennemis de son pays lui a attiré quelques désagréments personnels. L'excellente personne me fait un accueil fort amical ; elle se réjouit pour ses protégés de mon arrivée, et s'empresse de me mettre au courant du service dans lequel j'essaierai temporairement de la remplacer.

Parmi les officiers français soignés à l'hôpital militaire se trouve le baron Forcade de Saint-Victor, affreusement blessé à la poitrine par un éclat d'obus. Laissé pour mort, pendant plusieurs jours, sur le champ de bataille, sa blessure s'est envenimée de telle sorte que tout espoir de le sauver est perdu. La fièvre dévore le peu de forces qui lui restent. Il était aujourd'hui, au moment de mon arrivée à l'hôpital, surexcité par les façons brutales d'un des infirmiers gagés, de service. M<sup>lle</sup> Heinrichs et moi nous nous arrangeons de manière à ce que l'une de nous restera toujours auprès de ce pauvre blessé. Oh! comme il se montre reconnaissant des soins qu'il reçoit! Pressentant sa fin prochaine, il m'a chargée de divers messages affectueux pour sa famille et nous a fait promettre de ne le quitter qu'après sa mort. « Sans cet ange de bonté, me disait-il en me parlant de M<sup>lle</sup> Heinrichs, je serais mort dès le jour de mon entrée dans cet affreux hôpital, c'est elle qui m'a aidé à supporter mes atroces douleurs. »

Chaque nuit, plusieurs convois de blessés, dirigés vers le centre de l'Allemagne, arrivent à la gare. Pendant le temps d'arrêt on distribue à ces malheureux de la soupe ou du pain et on panse les blessures qui réclament d'une façon urgente ces soins. Nous avons décidé que nos infirmiers belges, alternant avec nos dames, se rendront chaque nuit à la gare pour secourir les blessés qui passent.

24 août.

Mme de Renesse m'écrit qu'elle a trouvé l'occasion de s'utiliser dans un des hôpitaux de Trèves ; l'accumulation des blessés y est telle en ce moment, qu'elle me prie de lui envoyer des aides, au moins pour quelques jours. Deux de nos infirmières se sont rendues à son appel.

Nos dames se sont employées utilement hier et aujourd'hui dans les ambulances où elles visitent et consolent les blessés. Elles ont servi de secrétaires à un assez grand nombre de soldats français, dont nous avons envoyé les lettres à Bruxelles, pour être expédiées ensuite en France avec plus de chances d'arriver à leur destination.

Les blessés de l'hôpital militaire semblent recevoir avec plaisir mes visites et mes soins. Ils sont, comme le prévoyait le docteur Küpper, heureux de pouvoir s'exprimer dans leur langue. Ces Messieurs sont pleins d'espoir pour le succès prochain de leur armée. Leur extrême confiance leur fait entrevoir pour les Prussiens toutes sortes de désastres, qu'ils escomptent déjà au profit de leur patrie. Cette disposition d'esprit les aide à supporter plus patiemment leurs souffrances et les ennuis de la captivité.

Le sous-lieutenant Forcade souffre horriblement, une paralysie presque générale le prive maintenant de l'usage de ses membres ; il n'avale qu'avec grande peine un peu de liquide et il se plaint constamment de la soif. Cette soif terrible des blessés, il l'a soufferte surtout, lorsque gisant sur le champ de bataille, il cherchait, dit-il, à l'apaiser, en suçant les fanes desséchées des pommes de terre.

J'ai visité ce matin, en me rendant à mon poste, l'ambulance établie par les Hollandais dans la cour du manége. Guidé par cet esprit pratique qui est un des caractères distinctifs de leur nation, un groupe de Hollandais, composé d'excellents chirurgiens, d'infirmiers et d'infirmières exercés et rétribués par le Comité de La Haye, s'est installé ici sous la direction de la baronne de Mercus, assistée de deux jeunes dames infirmières volontaires. Le baron de Mercus et quelques autres personnes de distinction, prêtent à la colonie le concours de leur intelligence et de leur dévouement. Dès le jour de leur arrivée, les Hollandais ont procédé à l'installation de leurs tentes, qu'ils ont plantées dans la cour du manége ; ils y ont dressé immédiatement une vingtaine de lits qu'ils apportaient avec eux, ainsi que tous les objets mobiliers, le linge, les vêtements, les provisions et les médicaments nécessaires à l'entretien d'un nombre considérable de blessés. La prévoyance du Comité de La Haye, qui s'était assuré depuis longtemps d'un personnel d'ambulanciers intelligents et expérimentés, et l'abondance de ses ressources de toute sorte lui ont permis d'envoyer promptement des secours aux victimes de la guerre et d'étendre sa sollicitude sur un grand nombre de ces infortunés.

Arrivés à Sarrebrück, à peine depuis quelques jours, les Hollandais y soignent et nourrissent actuellement plus de trois cents blessés recueillis dans des locaux voisins de leurs tentes. La propreté des lits et du linge, le soin, le confort et une élégance relative qui ont présidé au choix des moindres objets de cette ambulance, la tenue uniforme des blessés, portant tous sur leur chemise en belle toile de Hollande, la camisole en flanelle rouge à laquelle miss Nightingale, qui en inventa la forme commode, a donné son nom, tout l'aménagement enfin de cette ambulance, en forme un véritable modèle du genre.

Je me suis arrêtée ce soir pendant plus d'une heure dans une ambulance où, à la prière de nos officiers français blessés, j'étais allée prendre des nouvelles d'un de leurs camarades qui y a été recueilli. J'ai été témoin de deux scènes navrantes. Un jeune soldat allemand se mourait là des suites d'une grave blessure. Son pauvre père, un garde forestier en Bavière, arrivé quelques instants auparavant, sanglotait auprès du lit de son fils, l'aîné de ses sept enfants, âgé de vingt-deux ans. Je m'approchai de ces malheureux et essayai de calmer le père. Le mourant m'attira vers lui et me dit tout bas : « Éloignez-le, je vous en prie, ses larmes me font tant de mal. » Je suppliai le père de s'écarter un peu, et il se rendit à mes instances. Le blessé me parla alors de la mort qu'il sentait venir, il puisait dans ses sentiments chrétiens la force de faire à Dieu le sacrifice de sa vie. De grosses larmes coulaient le long de ses joues. Il avait été nommé sous-officier le lendemain d'une bataille. « *Das Leben blühte so schön vor meinen Augen !* (la vie s'ouvrait si belle à mes yeux), disait-il. » Il était catholique, je lui présentai un crucifix que je portais sur moi ; il me pria de le lui laisser. Sur ces entrefaites le père avait réussi à maîtriser son désespoir. Il vint s'asseoir auprès de son enfant.....

Une heure après je quittai ces infortunés dont les mains

se pressaient encore avec une ineffable tendresse, alors que déjà la mort étendait son voile sur la face de ce jeune martyr.

A quelques pas de là, dans une salle toute pleine de soldats affreusement mutilés, un blessé poussait des cris de douleur. La jaunisse et l'hydropisie en avaient fait un être méconnaissable; sa figure et ses bras, horriblement gonflés, sa poitrine qu'il découvrait sans cesse pour essayer de respirer plus à l'aise étaient recouverts d'ecchymoses! En proie à un accès de délire, il essayait à chaque instant de sortir de son lit sur lequel le rejetait aussitôt la douleur. Il eût fallu être tout au moins deux pour le maintenir; il était abandonné à lui-même, les infirmiers étaient surchargés de besogne.

Ce soir, M<sup>lle</sup> Teichman, son amie, M<sup>lle</sup> Adèle Catteaux et M<sup>lle</sup> Thys sont arrivées de Belgique. L'expérience de M<sup>lle</sup> Teichman qui, depuis une vingtaine d'années, dirige à Anvers un hôpital fondé par sa famille, nous sera d'un grand secours pour l'organisation et la bonne tenue de notre ambulance dont remise nous sera faite samedi prochain.

Jeudi 25 août.

Deux trains de blessés sont arrivés cette nuit. Des infirmiers de l'ordre des Diaconites, association protestante requise par les Johannites pour secourir les victimes de la guerre, ont accepté nos services pour les pansements. Les trains contenaient un assez grand nombre de soldats, blessés dans les engagements qui ont eu lieu ces jours derniers à Ars-sur-Moselle et à Courcelles. La plupart d'entre eux n'avaient point encore reçu les premiers soins. Oh! comme ils souffraient, lorsqu'il nous fallait détacher leurs vêtements, qui depuis plusieurs jours, adhéraient à leurs plaies! Plus d'un s'est évanoui pendant le pansement. Les plus mutilés, déclarés incapables de continuer le voyage, ont été déposés à la gare, ils seront retenus ici. J'ai pu prendre à la hâte quelques adresses que me donnèrent avec leurs noms des soldats blessés auxquels j'offris d'écrire à leurs familles. Environ 3,000 prisonniers français, appartenant à toutes les armes, étaient arrivés hier vers le soir, à pied, à Sarrebrück. On les a réunis dans une prairie voisine. Après qu'on leur eût distribué des rations de soupe et de pain, ils ont été ramenés, ce soir, à la station, entre deux rangées de fantassins prussiens. Des torches éclairaient leur marche. La fatigue, la tristesse, la honte, la colère étaient empreintes sur la physionomie de ces malheureux vaincus, emmenés en captivité. Arrivés à la gare, les soldats de l'escorte les firent monter dans des wagons qui les attendaient, rudoyant ceux qui semblaient disposés à s'attarder. Ce spectacle a excité en moi un sentiment non moins pénible que celui que provoque l'aspect des soldats blessés. C'est qu'il est un assez grand nombre d'hommes pour lesquels les blessures du corps, quelque graves qu'elles soient, semblent moins cruelles encore que les blessures morales qui les atteignent dans leur orgueil national.

Tout aujourd'hui s'est passé pour nous comme hier. Un télégramme venu de Bruxelles ayant réclamé le

2

retour de M. Carré dans sa famille, M. Eloin a pris la direction du groupe des infirmiers. A la sollicitation du docteur Küpper, deux médecins arrivés ici aujourd'hui même, MM. Maroie, d'Audenarde, et Coomans, d'Anvers, accompagnés de MM. Van Meenen et Mussche, infirmiers, sont partis tantôt pour Spicheren où ils sont chargés d'organiser une ambulance. Au lendemain de la bataille du 6 août, cent trente-quatre soldats français blessés avaient été déposés dans l'église, dans les maisons, dans les granges et les étables de ce petit village français. La plupart y avaient passé plusieurs jours, ne recevant d'autres soins que ceux de quelques femmes compatissantes et courageuses qui n'avaient point quitté leurs demeures. L'inexpérience de la plupart de ces paysannes et l'absence de tout autre moyen les avaient forcées de se contenter d'arroser, avec de l'eau fraîche, les blessures de ces soldats. Beaucoup de ces malheureux avaient conservé, sur leurs membres meurtris, leurs vêtements et leurs chaussures. La mort avait fait là une large et rapide moisson. Il restait encore environ une cinquantaine de blessés dispersés dans le village. Nos compatriotes se sont empressés de les transporter dans le local affecté à l'école du village. Ils les y soigneront jusqu'au moment où ils jugeront pouvoir les amener dans nos baraques à l'achèvement desquelles nos infirmiers travaillent avec ardeur. Ces Messieurs manient les outils, badigeonnent les planches, transportent les objets mobiliers et s'acquittent de leur besogne comme le feraient des ouvriers exercés à ces métiers.

26 août.

Nous l'avons, en dormant, échappé belle ! Notre colonie belge a été menacée de se trouver expulsée du territoire allemand. M. Eloin a appris tout à l'heure par le Commandant de la place, que, dénoncés par le prince de Hohenlohe, dignitaire de l'ordre des Johannites, les Belges arrivés à Sarrebrück allaient recevoir l'invitation de s'en retourner chez eux. On nous représente, nous dames surtout, comme étant dévouées à la cause de la France ; nous soignons les Français préférablement aux blessés prussiens, nous faisons leurs correspondances, on va même jusqu'à incriminer le genre de coiffure d'une de nos dames !

Dès ce soir, un courrier a été envoyé à Bruxelles, afin de nous ménager, par l'influence de notre Reine, un appui auprès de S. M. la reine Augusta. D'un autre côté, M. Eloin a adressé à notre détracteur la lettre que je transcris ici :

Monseigneur,

J'apprends que des insinuations malveillantes faites au Commandant de place nous représentent sous un aspect qu'il importe de rectifier. Venus sur l'appel des comités de Coblence et de Trèves, notre position neutre nous met à l'abri et au-dessus de toute calomnie. Si, ce que j'ignore, nos dames, dès le début, et dans l'ignorance de la langue allemande, ont peut-être mis trop d'empressement à secourir plus particulièrement les blessés français, vos ennemis *vaincus, blessés et malheureux*, j'ose espérer que l'ordre des Johannites voudra bien ne voir dans leurs démarches qu'un zèle bien naturel. Elles ont en cela, il est vrai, moins de mérite que vos concitoyennes ; mais croyez bien que celles qui parlaient votre langue se sont uniquement occupées des vôtres.

J'ai expédié à Bruxelles un courrier qui ne tardera pas, j'espère, à nous mettre à même de vous prouver toute la sollicitude de notre Reine pour notre association. Disposés à tout faire pour mériter la bienveillance de la cour de Prusse, nous espérons, Monseigneur, que vous voudrez bien nous aider dans l'accomplissement de notre mission toute de charité et d'abnégation.

Veuillez agréer, Monseigneur, l'assurance des sentiments les plus distingués de votre serviteur,

*(Signé)* E. ELOIN,
*Administrateur délégué,*

25 août 1870.


La réponse ne s'est pas fait attendre. La voici :

*Monsieur l'Administrateur délégué du Comité belge en ville.*

Monsieur,

J'ai eu l'honneur de recevoir la lettre que vous avez bien voulu m'adresser le 25 courant. C'est avec une vive satisfaction, Monsieur, que j'ai appris que celles de vos dames qui ne parlent que la langue française, en vouant leurs soins aux soldats français, n'ont été inspirées que par des sentiments de pure charité chrétienne.

J'ose donc espérer que par les explications que vous avez bien voulu me donner, l'aspect sous lequel vous croyez être représentés sera rectifié. Afin de remplir vos désirs, je viens de faire lecture de votre lettre au Commandant de la place.

Agréez, Monsieur, l'assurance de la plus haute considération de votre serviteur,

*(Signé)* CHARLES, prince de Hohenlohe.

Nous avons donc l'autorisation de continuer à soigner en Prusse les victimes de la guerre, qu'elles soient ou non les compatriotes de *M^gr le prince Charles de Hohenlohe.*

Mais afin de ne donner aucun prétexte à la malveillance, j'ai prié celles de nos dames, qui ne parlent pas les deux langues, de cesser de s'occuper des blessés français disséminés dans les hôpitaux. Nous nous abstiendrons aussi de reparaître à la gare. Il vaut mieux que MM. les Johannites nous perdent un peu de vue. Ils nous jugeront plus favorablement, j'espère, lorsqu'ils nous verront à l'œuvre dans notre ambulance.

Notre pauvre Forcade est mort ce matin. Ses dernières paroles ont été toutes d'affection pour sa famille et de reconnaissance pour nous : ses camarades témoins de ses souffrances et de son agonie pleuraient. M^lle Heinrichs et moi l'avons enseveli ; puis il a été transporté dans la chambre des morts. L'intérêt que m'inspiraient son malheureux sort et ses bons sentiments était tel, que pour ma part je crois avoir perdu aujourd'hui un frère ou un ami. J'informerai sa famille que je fais indiquer d'une manière spéciale la place où son corps sera déposé dans le cimetière.

27 août.

La Commission des hospices nous a fait aujourd'hui remise du nouveau lazaret confié désormais à nos soins. C'est, dans un champ voisin de la ville, un ensemble de

baraques au nombre de douze, élevées sur deux rangées, à quelques mètres de distance les unes des autres.
Dix baraques, contenant chacune vingt lits, seront affec-
tées aux blessés et aux malades. Une autre baraque
séparée en deux quartiers est destinée à la cuisine et à la
lingerie d'une part, de l'autre à la pharmacie, au bureau
de l'administrateur, et aux logements du médecin et du
pharmacien de garde. Le grenier qui surmonte cette baraque recevra les fourniments des soldats et les objets
mobiliers de rechange, etc. La douzième baraque,
éloignée à une plus grande distance des autres, contient une salle pour les autopsies, une autre pour
les opérations et enfin un refuge pour les morts.
La construction, l'ameublement, en un mot tout l'aménagement de ce lazaret a été fourni par la commission des
hospices de la ville qui se chargera aussi de la nourriture
des malades et des blessés. Le Comité de secours de la
ville d'Elberfeld a envoyé ici une quantité considérable de
linge, de vêtements et de médicaments. Ces objets, joints
à ceux que nous apportons, nous suffiront pour quelque
temps. M. le pharmacien Delacre qui, par sa science et
sa philanthropie, s'est acquis une réputation méritée, s'est
chargé d'organiser la pharmacie que dirigera après son
départ M. le pharmacien Goris aidé par M. Adelin
Doyen.

Toute la petite colonie belge se trouvait réunie vers le
soir, lorsque S. A. R. le grand-duc de Mecklembourg est
venu visiter ce baraquement, dont tout l'ensemble rappelle le système d'ambulances qui fonctionna avec tant
de succès pendant la dernière guerre des États-Unis.
Le Prince a prié le chef de la commission des hospices,

qui lui en faisait les honneurs, de nous présenter à lui. Son Altesse nous a témoigné en termes sympathiques sa reconnaissance pour la générosité de la Belgique qui envoie en ce moment de précieux secours aux victimes de la guerre et a terminé sa petite allocution en nous disant qu'il se ferait un devoir et un plaisir de parler de nous à S. M. le Roi de Prusse, qu'il va rejoindre en France. Instruit par le délégué du Comité belge du danger d'expulsion que nous avons couru, le Prince en témoigna son regret et nous pria de ne pas nous en préoccuper davantage.

28 août.

Après avoir consacré la plus grande partie de cette journée à nos protégés respectifs, M^lle Teichman et moi avons pris aujourd'hui le chemin de Spicheren, pour y visiter la petite succursale belge. Nos compatriotes rendent d'excellents services aux mutilés qui y sont recueillis.

L'ambulance y fonctionne à merveille. Les bonnes religieuses qui, de maîtresses d'école qu'elles étaient jadis dans les environs, sont devenues sœurs hospitalières, nous ont parlé avec enthousiasme de ces Messieurs les Belges commes elles les appellent. Malgré les soins les plus dévoués, hélas! la mort continue à prélever son tribut. Vingt-deux hommes seulement ont quelque chance de vivre assez longtemps ou de conserver assez de forces pour être transportés dans nos baraques, après que ceux de leurs camarades, menacés de mort prochaine, auront fermé les yeux.

Depuis ce matin, un escadron de dragons mecklembourgeois occupe ce petit village. Pour héberger les chevaux des soldats, les habitants ont dû évacuer leurs écuries et leurs étables, et attacher autour de leurs maisons les quelques chevaux et bestiaux que les réquisitions leur ont laissés. Ruinés en outre par la perte de leurs récoltes, tout ahuris encore par le spectacle des horreurs de la bataille dont ils ont été récemment témoins, ces malheureux paysans se tenaient, au moment de notre passage, immobiles et muets sur le seuil de leurs habitations, suivant d'un œil morne les mouvements de ces soldats qui buvaient et chantaient, groupés autour des tables disposées pour eux dans la rue. Une jeune fille de ces environs que nous priâmes de nous servir de guide pour nous faire trouver un chemin qui abrégerait notre route, nous dit que la guerre lui avait enlevé son frère, le seul membre de sa famille qui lui fût resté ; les Prussiens avaient fait main basse sur l'unique vache que possédât cette petite association fraternelle ; les réquisitions et les contributions extraordinaires lui avaient enlevé ses dernières ressources. « Il ne me reste plus qu'à me faire la servante des autres, nous dit l'orpheline, d'un air de fierté révoltée. »

Pour être rentrées avant la nuit, il nous fallut traverser le champ de bataille : des monceaux de casques dépouillés de leurs ornements de cuivre, des débris de havresacs, des ceinturons, des képis, des capsules déchirées recouvrent le sol. Toutes les récoltes ont été foulées, de telle sorte, que la terre paraît avoir été récemment labourée. Les éclats d'obus et les balles ont renversé ou déchiré les arbres et les buissons. Les cadavres dont on a porté le nombre à plusieurs milliers ont été enterrés à l'endroit où eut lieu le fort de la bataille ; à chaque pas, on rencontre des monticules, surmontés d'une croix, faite avec des branches d'arbres. Ce sont des tombes, et le nombre en est si grand que de loin la plaine de Spicheren rappelle ces champs où la terre paraît, en mille endroits, soulevée par le travail souterrain des taupes. Des émanations fétides y corrompent l'air.

Une tombe, isolée des autres, avait été élevée au bord d'un chemin creux sur la lisière d'un petit bois. Au moment où nous nous en approchons, nous distinguons, dans le crépuscule, deux enfants s'amusant à fixer, dans la terre qui la recouvre, des fleurs cueillies par eux dans le bois ; ils réussissaient dans leur ingénuité à simuler un petit parterre. Ah ! le touchant tableau ! Ces enfants qui ne songeaient qu'à jouer remplissaient à leur insu le pieux devoir de familles absentes. Tandis qu'au loin des larmes coulaient et qu'éclataient de cruels désespoirs à la pensée d'êtres aimés qui, après avoir été déchirés par la mitraille, étaient enfouis pêle-mêle dans cette terre, d'innocentes mains, se substituant à celles de leurs parents ou de leurs amis, semaient des fleurs sur ces tombes.

29 août.

Nous étions tous de bonne heure ce matin à la besogne, et dès midi tout se trouvait disposé pour recevoir une centaine de blessés. La surveillance et le service de chacune des baraques sont confiés à une ou à deux dames qu'aideront Messieurs les infirmiers. M^lle^ Pluys se chargera de la direction de la lingerie et du blanchissage. M^lle^ Dumet dirigera la cuisine. M^lle^ J. Nyssens se charge, indépendamment de ses fonctions d'infirmière, de la comptabilité. Celle-ci comprendra les frais de séjour des infirmiers ou

2.

infirmières, à qui sera faite l'application de l'article 3 du
règlement adopté par le Comité de Bruxelles, et les dépenses extraordinaires que nous jugerons indispensables
pour nos pensionnaires. Une jeune personne de Sarrebrück, M^lle Rettig, a demandé l'autorisation de se joindre à notre groupe, je la lui ai donnée de grand cœur.
Déjà ce soir, on nous a amené une trentaine de soldats
atteints de la dyssenterie; ils ont été immédiatement casés
dans les lits qui les attendaient. Il est convenu que les
dames aînées de la colonie feront alternativement le service pendant la nuit. M. Goris et son jeune aide se sont
arrangés de façon à se loger dans une petite pièce
contiguë à la pharmacie, afin de se trouver, la nuit,
prêts à donner aux malades ou aux blessés les secours de la pharmacie. Parmi les malades, amenés
tout à l'heure, se trouvait un jeune garçon, âgé d'environ
douze ans. C'est, nous dit-on, un de ces petits maraudeurs comme on en voit un grand nombre à la suite des
armées. Dans quel état, mon Dieu, il nous est arrivé! Il
est atteint d'une violente dyssenterie qui l'a paralysé. Son
petit corps amaigri, dépourvu de tout linge, était enve-
loppé d'une couche de paille salie; pour tout vêtement,
il portait une vieille tunique de fantassin toute dégue-
nillée, pour chaussures, une vieille botte et un simulacre
de soulier, trop grands pour ses pauvres pieds meurtris.
La malpropreté dans laquelle il avait vécu, avait amené
des plaies sur tout son corps. M^lle Teichman a pris, sur
ses genoux, cet enfant tout couvert d'ordures et de vermine, et lui a donné les premiers soins avec une abnégation et un dévouement vraiment maternels.

M^me Behrends est à Wœrth... La lettre qui me l'apprend, arrivée à Bruxelles après mon départ, me parvient ce soir. Je la transcris ici tout entière :

Wœrth, 15 août.

Je vous écris dans une chambre sans fenêtres. Le plafond, criblé de balles, ressemble à un grand tamis. Je suis assise sur un matelas taché de sang, il n'y a plus un brin de paille fraîche à Wœrth, les flammes dévorent chaque soir celle qui est infectée après avoir servi de couche aux morts.

C'est ici, sur le champ de bataille même qu'il faudrait écrire l'histoire ; là où les uniformes, les cuirasses, les armes jetés au loin au moment suprême de la lutte, indiquent, par la position de chaque objet, le dernier mouvement de celui qui s'en est débarrassé ; là, où une balle est venue frapper un homme jeune, plein de vie, la blessure est petite, elle n'a pas tué sur le coup ; non, la pourriture doit envahir ce corps avant que l'âme ne consente à le quitter. Avant sa complète destruction, le malheureux empoisonne tout ce qui l'entoure ; c'est ainsi que la maladie achève ce que la science militaire a commencé.

Chaque maison est une ambulance, une ambulance ravagée par la mort ou une ambulance qui manque de tout.

En Allemagne, on travaille avec une vigoureuse énergie à procurer le nécessaire aux blessés. On prévoit toutes les éventualités. On envoie vers le champ de bataille des milliers d'hommes divisés en petites escouades.

Mais là où l'action devrait commencer, tout s'interrompt. L'abondance s'étend jusqu'à une certaine distance du grabat où repose la victime, mais elle s'arrête là... et la victime n'en profite pas comme elle le devrait. A-t-on enlevé le blessé du champ de bataille, est-il couché sur une botte de paille, la besogne semble terminée. L'infirmière, ou l'infirmier épuisé par la fatigue, la population affolée par la terreur leur donne à peine les soins les plus indispensables. Les provisions sont épuisées. Les soldats ont tout absorbé, et l'on devient économe au détriment des victimes anéanties par la fatigue et des souffrances antérieures à la catastrophe.

Grâce à la prévoyance des amis de l'humanité, on a fait approvisionner les localités voisines, on a tout envoyé au lieu du combat. Les dépôts sont établis sur place; mais les habitants des environs ne sont au courant de rien. Les médecins, suffisent à peine à la besogne, les soins ordinaires sont abandonnés aux sœurs, aux soldats et aux paysans qui veulent bien s'en charger.

Il faut une volonté de fer, une santé parfaite, un esprit organisateur éprouvé pour travailler avec succès sur ce terrain que la lutte a transformé en un stérile désert. De tels individus sont rarement formés à la soumission que donne la règle. L'indépendance de leur position et celle de leur caractère les rendent incommodes. En outre, la curiosité et d'autres motifs moins avouables encore n'attirent que trop souvent des chercheurs d'aventures.

A Wissembourg, j'ai trouvé un convoi de blessés que l'on ramenait la nuit de Wœrth. Ces victimes, à peine pansées, étaient couchées sur un peu de foin dans des wagons obscurs. On m'arrache la lanterne que je tiens à la main. Les cris et les gémissements étaient déchirants. Les infirmiers se heurtaient contre les membres meurtris de ces malheureux.

On manque d'eau partout. Les puits sont introuvables ou épuisés. Partout la fatigue paralyse l'activité d'un personnel déjà insuffisant; l'indifférence semble avoir envahi les témoins de ce spectacle.

J'ai vu à Sulz, dans la gare, un tonneau de bière. A cent pas de là, un officier prussien réclamait depuis deux jours, avec rage un verre de bière que le médecin lui avait permis " Il n'y en a pas, " dit la sœur de charité. Peut-être l'excès de la réserve, ne lui permet pas de s'enquérir de l'existence d'objets qu'elle n'aperçoit pas.

Dans cette même gare, j'ai vu une voiture pleine de linge que l'on allait envoyer à Hagenau et à Brumatte, où le besoin ne s'en faisait nullement sentir, tandis que dans les baraques, devant lesquelles la voiture se trouvait arrêtée, les compresses étaient devenues chose rare.

C'est à cette même place qu'un chevalier de Malte se disposait à renvoyer les chirurgiens avec lesquels j'arrivais, sous prétexte qu'il n'y avait rien à faire. A ce moment pourtant, un blessé allait mourir, faute de soins : les instruments de chirurgie manquaient. Dix minutes après, le professeur Höchler de Fribourg faisait une amputation, et, deux heures plus tard, ces mêmes médecins retournaient à Carlsruhe emmenant cent quarante hommes gravement blessés. Il y a à cette station du bouillon en abondance, et pourtant à cinq pas de là, les blessés arrivés sur des chariots, succombant à la fatigue et à la faiblesse, tombent et restent longtemps évanouis sur leur litière de paille. Une foule d'hommes bienveillants, tous prêts à rendre service, sont là; mais ils négligent, parce qu'ils les ignorent, les moyens les plus prompts et les plus faciles. Ce sont des femmes pleines de sollicitude, ce sont des femmes qui savent par instinct ce qu'il faut que l'homme apprenne, ce sont, en un mot, des mères de famille capables et dignes de se faire obéir sans avoir l'air de commander, qu'il faudrait partout où se trouvent des blessés. Mais, à défaut de ces femmes intelligentes, énergiques et dévouées, il ne reste qu'à prendre parmi cette foule d'hommes de bonne volonté des gens spéciaux : des maîtres d'hôtel s'il s'en trouve pour la cuisine, des négociants pour la direction des dépôts. Je voudrais aussi qu'on établisse entre les ambulances et les dépôts une sorte de service de commis voyageurs qui s'informassent des besoins et fournissent le nécessaire.

" Il n'y a rien à faire, on n'a besoin de personne. » Cette phrase que j'entends depuis que je me suis présentée avec ma lettre de recommandation auprès de M. le conseiller intime de la cour, à Carlsruhe, cette même phrase me poursuit jusqu'ici dans les maisons de Morsbrunn, village près de Wœrth, où j'ai trouvé des hommes amputés de leurs deux bras, ayant la figure dévorée par les mouches et les lèvres brûlées par la fièvre, mais personne à leurs côtés pour les soulager!

Une religieuse seule dans une maison a soigné pour sa part 25 victimes disséminées dans de petites chambres, cette pauvre femme n'a rien à sa disposition, pas même une petite seringue pour nettoyer les plaies, je lui donne celle que j'ai dans ma poche avec ma pincette à charpie. Dans une autre ambulance, je trouve un médecin contrarié de n'avoir pas de pruneaux pour un pauvre blessé qui en réclame. Après lui en avoir donné de ma propre provision, je vois le médecin en chef de cette ambulance se lever d'une caisse qui portait l'étiquette *pruneaux*, mais elle était restée clouée. Tous ces gens occupés au dépôt sont pleins de bonne volonté et plusieurs même, si heureux de l'importance que leur prêtent les circonstances, qu'ils jouent en quelque sorte aux souverains et perdent de temps en temps de vue la cause qui les amène.

Je trouve une noble distinction dans la conduite honorable de ceux des chevaliers de Saint-Jean que je rencontre ici. M. de Malzan est, je crois, le nom du délégué, il m'a priée d'être l'intermédiaire entre les infortunés et son dépôt, je parcours les villages avec une petite voiture et un cheval, et je m'en vais portant des secours aux blessés et des consolations aux mourants, voilà ma besogne actuelle.......

Du 30 août au 3 septembre.

Notre ambulance est en pleine activité. Sept de nos baraques y abritent aujourd'hui plus de cent hommes atteints du typhus ou de la dyssenterie ; ce sont tous soldats allemands tombés malades dans les environs de Metz. Nous nous attendions à recevoir surtout des blessés ; la commission des hospices en a décidé autrement. Toutefois, une ambulance de la ville, qui se trouvait dans de mauvaises conditions, a évacué ces jours-ci trente-six blessés dans deux de nos baraques, vides encore. Des religieuses de l'ordre des Bernardines les y ont suivis. J'avais espéré que ces sœurs s'entendraient avec nous, de façon que tout au moins nos plus jeunes dames, s'adjoignant à elles pour le service de leurs blessés, seraient ainsi moins constamment exposées à la contagion des maladies épidémiques. Je me flattais de pouvoir décider les sœurs à répartir entre elle et nous ces différents services. Ma proposition a été très-nettement refusée ; les religieuses ont allégué, pour raison de leur refus, que, leur communauté ayant perdu plusieurs de ses membres des suites de la dyssenterie, il était décidé qu'elles ne soigneraient plus désormais que des blessés. Leur attitude à notre égard est empreinte de méfiance et de froideur, et pourtant Dieu sait que loin de nous montrer hostiles à leur égard, nous nous efforçons de détruire leurs préventions en allant au-devant de leurs moindres désirs : leurs blessés sont les premiers servis à l'heure des repas ; on leur remet avec empressement et abondance à la lingerie et à la pharmacie, qui nous appartiennent, toutes les choses qu'il leur plaît d'y réclamer. Cette disposition peu amicale, que nous rencontrons chez des personnes portant la livrée de la charité, n'est encore qu'une de nos moindres contrariétés. Notre qualité de Belges nous rend ici suspects à peu près à tout le monde. Toutefois nos premiers et nos plus redoutables adversaires, MM. les Johannites, en sont venus à d'excellents sentiments pour nous. Devons-nous peut-être ce revirement à d'augustes influences ? Le comte de Schall, délégué du Comité des Johannites, vient chaque matin nous faire ses offres de service et prendre note des objets qui font défaut à l'ambulance ; le vin, le sucre, le café, le riz, le tabac, et certains vêtements nous sont fournis par ses soins.

Il paraît que des journaux prussiens ont publié ces jours-ci un fait, qui, s'il est vrai, serait bien regrettable : des Allemands, venant de Paris, auraient été insultés par des individus qui se trouvaient à la gare de Verviers ; on dit même que des pierres leur auraient été lancées en même temps que des injures. Cela est-il exact ? J'aime à croire que non.

Quoi qu'il en soit, un membre de la commission des hospices visitait hier le lazaret : après avoir pu s'assurer par lui-même du dévouement et de l'abnégation de nos dames, qui rendent à leurs malades les services les plus répugnants, réservés dans les hôpitaux ordinaires aux employés infimes, n'a rien trouvé de mieux à me dire, après que je l'eusse accompagné dans son inspection, que cette phrase peu obligeante : « Vos Belges font de » belles choses en ce moment : ils jettent des pierres à » nos malheureux compatriotes chassés de Paris! » « Si la » chose est vraie, lui dis-je, je le déplore amèrement, toute- » fois ce n'est là qu'un fait isolé que nous ici, nous nous » efforcerons de vous faire oublier. » Il se contenta pour toute réponse de m'adresser un salut glacial.

Quelques dames de la ville apportent à nos malades des consolations et des douceurs. Nous aimons leurs visites qui font plaisir à nos protégés; mais c'est de notre part du désintéressement, car quelques-unes nous toisent, et la plupart nous envisagent plutôt comme des ennemies, que comme des sœurs accourues ici pour les aider.

Cette disposition ne provient point, comme on serait tenté de le croire, d'une certaine petite jalousie de métier; non, toutes ces dames ont leurs maisons remplies de blessés, auxquels elles consacrent la majeure partie de leur temps ; mais nous parlons la langue de ceux qui en ce moment luttent contre leurs maris, leurs frères, leurs fils, et l'on soupçonne ici la Belgique d'être sympathique à la France, voilà les seuls griefs qu'on nous reproche.

A ces petits désagréments se joint pour nous l'ennui d'avoir pour chef de l'économat du lazaret un homme dont les procédés et l'éducation laissent beaucoup à dési- rer. Peu accoutumé à l'observance de la régularité, notre présence le gêne, et il emploie tous les moyens qu'il juge pouvoir lui réussir pour pousser notre patience à bout et nous engager à quitter ce poste.

Il n'est que trop vrai qu'on nous tolère ici, parce qu'on ne peut contester que la colonie belge y rend de vérita- bles services. Nous seuls soignons à Sarrebrück les vic-

times du typhus, de la dyssenterie et du choléra ; mais il
semble que l'on ne nous aime pas. De ce concours de
gens qui nous sont hostiles ou peu sympathiques, j'excepte toutefois nos pauvres malades. Oh ! comme ils ap-
précient leurs infirmières tous ces malheureux soldats
qu'on nous amène, les uns se tordant de douleur, d'autres
affaissés, stupéfiés par la maladie ! Aussitôt arrivés, ils
sont couchés, soignés, comme s'ils étaient les frères ou
les enfants des femmes qui se sont vouées à leur service. Toutes mes compagnes réussissent si bien à soulager leurs souffrances! Aussi, touchés de leur sollicitude,
tous ces soldats les appellent leurs mères. Elles méritent
à coup sûr ce doux nom.

5 septembre.

Une dépêche envoyée par le comité de Bruxelles, réclame l'envoi à Bouillon de M<sup>mes</sup> Boucher et Thys.

L'ambulance, établie provisoirement à Spicheren, a été
évacuée aujourd'hui ; les vingt et un blessés survivants
ont été transportés ici. MM. Van Meenen et Mussche, ainsi
que les paysans qui les accompagnaient, ont porté, sur
leurs épaules, ceux d'entre ces infortunés trop mutilés
pour supporter le mouvement du chariot ou celui de la
voiture. Ils sont réunis maintenant dans la baraque où se
trouvaient déjà MM. le lieutenant français Pierson et son
ami le sous-lieutenant Fécheroulle, amenés chez nous de
l'hôpital militaire. Nous avons eu le regret de devoir y
laisser deux de leurs camarades trop grièvement blessés
pour être transportés. Je continuerai à les visiter quelquefois. M<sup>lles</sup> Catteaux et Van Dyck sont désignées pour sur-

veiller la baraque des Français. Elles ont été remplacées dans leur précédent poste par des Diaconites, que leur supérieur a bien voulu placer sous ma direction. Un Prêtre catholique allemand et un Ministre protestant viennent chaque jour offrir leurs services et leurs consolations à ceux des blessés ou malades qui appartiennent à leur confession respective. Ces Messieurs s'abstiennent scrupuleusement de toute propagande. Afin de leur faire éviter toute méprise, nous avons soin de mettre sur l'écriteau attaché à la tête de chaque lit et portant le nom de l'occupant, la désignation du culte auquel il appartient. Les soldats allemands sont, en général, assez pieux; nous les voyons se servir fréquemment de livres de prières ou de piété, dont la plupart sont munis. Aucun, jusqu'à présent, n'a refusé les secours religieux que le ministre de son culte lui offrait. Plusieurs administrations de sacrements selon les deux rites ont eu lieu dans notre lazaret; nous constatons avec grande satisfaction que la tenue des catholiques et celle des dissidents ne laissent rien à désirer pendant le cours de ces cérémonies, différentes, il est vrai, entre elles; mais ayant toutefois le même but : exciter le repentir et la confiance dans le cœur du mourant et appeler sur lui la miséricorde céleste. Le bon curé de Spicheren nous a donné ce soir une preuve touchante de son dévouement pour ceux que le malheur fit pendant quelque temps ses paroissiens. Malgré la distance d'une lieue qui nous sépare de ce village, il est venu à pied jusqu'ici, afin de s'assurer si tous ces blessés, ses compatriotes, n'avaient pas trop souffert de leur transport. Il a exprimé alors, en termes émus, sa reconnaissance à l'égard des docteurs Maroie et Coomans, et des infirmiers MM. Van Meenen et Mussche, pour les preuves de charité que ces Messieurs avaient données, endant leur séjour à Spicheren. Ceux-ci nous dirent leur tour comment la présence de ce bon prêtre l'ambulance y était bénie par tous ces infortunés qu'il dait à souffrir et à mourir avec résignation.

13 septembre.

N'ayant pu disposer ces jours-ci du moindre loisir, rce m'a été d'interrompre mon journal. De sept heures u matin à huit heures du soir, le règlement réclame otre présence au lazaret; rentrant à l'hôtel le soir, je ouve fréquemment des parents affligés qui m'y atten-ent; ce sont presque toujours des mères ou des épouses enues de France à la recherche d'êtres aimés et dispa-us, dont on n'a pas su leur donner quelque nouvelle po-itive.... On nous les adresse parce que l'on sait ici que ous avons vu et soigné à leur passage des blessés fran-ais, au commencement de notre séjour à Sarrebrück. Il ie m'a pas été permis encore de pouvoir donner à ces nfortunées quelque indication consolante. Il y a deux ours, une jeune femme en deuil arrivait à l'hôtel. Elle vait acquis la douloureuse certitude que son mari avait té tué au combat de Spicheren, et elle venait réclamer ou corps. Elle me pria de l'aider dans ses démarches. Je ne fut qu'après avoir fait exhumer et examiner elle-nême les restes d'une quantité de victimes, qu'elle recon-iut la dépouille de celui qu'elle cherchait.....

D'un autre côté, les lettres nombreuses que l'on m'a-lresse de France et de Belgique, dans l'espoir que je pour-ais donner quelques informations positives sur le sort de beaucoup de blessés, exigent des réponses ; de là des correspondances qui me prennent matin et soir le peu de temps dont je dispose. Et puis, voilà que l'excès du travail et peut-être aussi le contact des malades a altéré la santé de M<sup>lle</sup> Nyssens, ma compagne de chambre, elle est alitée depuis quelques jours ; les symptômes du mal qu'elle éprouve m'inquiètent.

A l'ambulance tout marche bien ; mais non sans peine ni difficultés : la frayeur qu'inspirent les maladies épidémiques est si grande dans la ville, que nous n'avons su nous procurer, jusqu'à présent, quelque offre de salaire que nous ayons faite, ni hommes ni femmes de peine. Il faut donc que nous restions chargées nous-mêmes des gros ouvrages de l'hôpital. L'inspecteur en chef du service sanitaire du 8ᵉ corps d'armée, M. Scholler, venu de Coblence pour inspecter les hôpitaux militaires, nous a trouvées aujourd'hui, Adèle Catteaux et moi, recurant à tour de bras le plancher raboteux d'une de nos baraques. Je n'avais pas été prévenue de cette visite et force m'a été de me présenter, armée de mon balai, à ce haut fonctionnaire.

Entre autres tracasseries que continue à nous susciter le régisseur, cet homme a eu l'insolence de faire fouiller ce soir les poches de ma bonne Thérèse par des soldats posés à la garde du lazaret, sous prétexte que des larcins avaient été commis dans l'établissement. Ces jours derniers se tenant à la grille qui s'ouvre sur la rue, il se plaisait méchamment à raconter à haute voix aux passants que ce lazaret était malheureusement desservi par des Belges venus ici surtout pour protéger les soldats français, et qu'animés par des sentiments de haine contre la Prusse, déjà nous avions fait enterrer des Prussiens tout vivants. Il avait réussi à attrouper la foule qui commençait à s'émouvoir, en écoutant cette dramatique histoire, lorsque quelques soldats allemands convalescents, au milieu desquels je me trouvais en ce moment dans le jardin, entendant ce qui se passait, se mirent à protester à plus haute voix encore contre ce récit mensonger et à témoigner de l'indignation qu'ils en ressentaient. « Ces femmes remplacent ici nos mères et nos sœurs, s'écriaient-ils, nous les aimons et nous voulons qu'on les respecte. » Je suppliai ces soldats, émus, plus que moi de l'incident, de se calmer et les fit rentrer dans la baraque des convalescents. Le nombre des pensionnaires de l'ambulance s'élève actuellement à cent quatre-vingts, répartis ainsi : trente six soldats prussiens blessés ; deux officiers et dix-huit soldats français blessés ; un officier et cent vingt-neuf soldats allemands, malades : ces derniers sont presque tous atteints du typhus ou de la dyssenterie ; quelques hommes sont atteints de bronchites et d'ophthalmie ; deux cas de choléra ordinaire et un cas de choléra asiatique se sont déjà produits dans le lazaret. Nous avons pour médecin en chef le docteur Berg de Sarrebrück, et en outre, nos docteurs particuliers MM. Maroie d'Audenaerde, Barbier de Liége, Coomans d'Anvers et Willems de Gand, qui se partagent le service. Ces Messieurs passent alternativement la nuit à l'ambulance. Le docteur Berg a adopté ici pour le traitement des typhiques la méthode du docteur Brand, à grâce laquelle nous obtenons de grands succès.

Ce traitement consiste surtout à dégager la chaleur du corps par le moyen de bains et de maillots d'eau froide : le docteur Brand de Stettin en a consigné le mode d'application dans une brochure remarquable qui contient, outre la partie médicale du traitement, des conseils pratiques pour les garde-malades. Je tiens à consigner ici les précieuses remarques que me faisait tantôt le docteur

Berg. Ce fléau de l'humanité, me disait-il en parlant du typhus, résulte de l'absorption, par le corps animal, d'une substance appelée le poison du typhus. L'effet général produit par cette substance dans l'économie à l'état normal engendre la maladie. Un malaise prolongé, le manque d'appétit, une grande faiblesse sont les signes précurseurs du mal. A ces premiers symptômes succèdent les frissons, la maladie éclate. C'est le degré de la chaleur du corps en ce moment qui permet de pressentir ce que sera la maladie. Elle s'élève ordinairement, dans les cas de typhus, de 37 à 41 et jusqu'à 42 degrés.

L'élévation du thermomètre donne la mesure exacte de la gravité de la maladie et des chances de mort. Si la maladie est bénigne, la température du corps s'élève à 40 degrés; s'élève-t-elle surtout le matin à 41 degrés, la gravité du mal est constatée. 42 degrés font présager l'issue fatale et prochaine de la maladie.

L'élévation graduée de la chaleur du corps déterminant l'existence et l'intensité du mal, le traitement doit donc avoir pour but d'en arrêter le développement.

C'est l'eau froide ou l'hydrothérapie qui vient en aide dans ce cas. L'expérience a prouvé que grâce à l'adoption de ce mode de traitement, la mortalité est tombée de 30 % et plus, jusqu'à 8 % et 5 %. Le traitement hydrothérapique abrége notablement la durée du mal et par conséquent le temps de la convalescence; il prévient, en outre, quelques-unes des suites fâcheuses du typhus traité selon les systèmes ordinaires. Voyez, me disait le docteur, ce qui se passe dans notre ambulance : dès que je me suis assuré que la température du corps d'un malade s'élève au-dessus de 39 degrés, je charge un de mes aides chirurgiens de constater toutes les quatre heures par le moyen de bons instruments, le changement survenu; il est d'usage de recommencer cette constatation 6 fois durant les 24 heures; certains cas peuvent exiger que l'expérience se renouvelle plus fréquemment. Le traitement consiste dans l'application de draps mouillés et de compresses d'eau froide, dans les ablutions et les bains d'eau plus ou moins froides selon l'intensité de la fièvre, et le degré des forces vitales du malade.

Jamais, les ablutions d'eau froide sur la tête et sur les parties supérieures du corps ne doivent être supprimées. Dans l'intervalle d'un bain à l'autre, il faut appliquer des compresses d'eau froide sur la poitrine et sur le ventre, afin que ces parties du corps restent froides. Au médecin seul appartient de juger de l'opportunité des moyens à employer pour le dégagement de la chaleur du corps.

L'aération de la chambre ou de la salle est un point très-important pour le succès du traitement. De quart d'heure en quart d'heure on fera boire au malade, s'il est éveillé, un verre de bonne eau fraîche. Toutes les trois heures, la nuit comme le jour, le malade recevra soit un potage de gruau d'orge ou d'avoine au bouillon fort, soit du café au lait, ou bien du lait, ou du thé seulement. Le ralentissement dans la marche de la fièvre permet de donner des aliments plus substantiels, du vin et du cognac, dont on méconnaît trop souvent l'utilité en pareille occurrence. Il faut que le lit du typhique soit, dès le début, doux et élastique; un matelas de crin est préférable à tout autre. Le malade doit rester couché tantôt sur le dos, tantôt sur le côté. Remarquez, me dit le docteur, que dans notre ambulance la mortalité ne s'élève pas même à 5 %, et vous pouvez vous convaincre que les soldats qui entrent dans un état à peu près désespéré, sont les seuls que nous perdions.

Notre expérience d'infirmières nous a démontré plus

d'une fois déjà ici combien ce mode de traitement favorise, chez les typhiques, le retour rapide à la santé; la nourriture, qu'il ne prohibe pas, soutient les forces du malade et le met à l'abri de ces interminables convalescences, de ces délabrements de l'estomac et d'autres inconvénients encore, résultant presque toujours plutôt du traitement que du mal lui-même. Quelque absorbants et minutieux que soient les moyens de salut préconisés, et ordonnés par notre excellent docteur à tous nos typhiques, et nous en avons environ une trentaine en ce moment, l'activité et l'intelligence de mes chères compagnes suffisent à en assurer le succès. Aussi, est-ce en termes émus que M. Berg n'hésite pas à déclarer que dans sa carrière de médecin il ne lui est pas arrivé encore de trouver des infirmières douées de plus de tact et d'abnégation.

Du 15 au 20 septembre.

Un jeune officicier prussien appartenant au corps d'armée qui assiége Metz et qui nous était arrivé il y a quinze jours atteint du typhus, est en voie de convalescence. L'état de stupeur dans lequel il est resté pendant à peu près tout ce temps nous donnait de grandes appréhensions pour l'issue de sa maladie. Un soldat qui lui servait d'ordonnance avait obtenu la permission de nous aider à le soigner ; ce brave garçon n'a pas quitté son maître depuis son entrée à l'hôpital ; il passe toutes les nuits à ses côtés et lui prodigue les soins les plus touchants. J'avais appris par ce soldat que le sous-lieutenant aimait beaucoup les fleurs ; je lui en ai apporté ce matin

qui n'étaient pas odorantes; il a souri en les voyant;
c'était la première fois que cela lui arrivait depuis son
entrée à l'hôpital. Nous remarquons qu'en général les
soldats allemands aiment à conserver des fleurs à côté
d'eux ; aussi nous plaisons-nous à leur donner cette petite satisfaction. Des marchandes nous en apportent
presque chaque matin, que nous distribuons alors à nos
pensionnaires, à leur grande satisfaction. Parmi ces
fleurs il en est qui, pour n'être ni les plus belles, ni les
plus rares, sont néanmoins toujours les plus sollicitées
et les mieux accueillies par eux. Sans me rendre compte
du motif de ces préférences, j'interrogeai à cet égard un
soldat poméranien qui me répondit : J'aime ces fleurs-là
parce qu'elles me rappellent le petit jardin de ma mère.
Comme le souvenir de la famille, mais surtout celui de
leur mère est vif et profond chez tous ces hommes, et
comme en l'invoquant, nous réussissons toujours à obtenir d'eux ce qui est nécessaire pour le soulagement de
leurs misères! C'est en leur parlant de leur mère que
nous les amenons souvent à accepter, dans l'intérêt de
leur guérison, les traitements prescrits ou les privations
imposées, parfois aussi à se soumettre aux opérations re-
connues nécessaires.

Nous avons perdu ces jours-ci trois blessés français
pour lesquels la mort a été une véritable délivrance. L'a-
bondance de la suppuration qui s'échappait de leurs
plaies, l'état de décomposition anticipée qui avait envahi
tout leur corps exigeaient des soins spéciaux et continuels
qu'avec une charité édifiante, M<sup>lles</sup> Catteaux et Van Dyck
leur rendirent sans cesse. Les infortunés ont béni ces
pieuses filles jusqu'à leur dernier instant. Je parle ici
de deux de mes chères compagnes, et ce sont les noms
de toutes qui se présentent en ce moment à ma pensée.

3

M<sup>lle</sup> Teichman, que la plus charitable et la plus intelligente des sœurs hospitalières peut égaler peut-être, mais ne saurait à coup sûr surpasser, ni en piété ni en dévouements de tous genres, prodigue les meilleurs soins du corps et de l'âme aux malades qui les réclament. Toujours à la disposition de celles de nos infirmières qui sollicitent son aide ou ses conseils, elle est sans cesse à tout, à tous et à toutes. Son expérience nous est très-précieuse. M<sup>me</sup> Bosquet que tous ses malades appellent *Mütterlein* (petite mère), tant elle est douce et bonne pour eux, et l'infatigable M<sup>lle</sup> Rothermel, sont quelquefois bel et bien grondées par leur directrice ; emportées par leur zèle, trop oublieuses du soin de leur propre santé, il faut que chaque jour, l'heure de la retraite sonnée, je les enlève, de par mon autorité, à leurs malades, dans l'intérêt desquels il faut absolument qu'elles modèrent leur dévouement, afin de pouvoir le leur conserver longtemps. M<sup>lle</sup> Nyssens se remet lentement de l'atteinte d'une des maladies épidémiques, dont elle soignait les victimes avec un courage qu'ont trahi ses forces. Une de ses sœurs, qui habite Bruxelles, nous annonce son arrivée ; ce sera pour notre groupe un utile renfort en ce moment. Thérèse est tombée malade par suite de fatigues aussi... et Elisa Pluys, notre active et soigneuse lingère, est condamnée à quelques jours de repos, pour ne pas le devenir à son tour.

M<sup>me</sup> Behrends, dont nos amis communs m'avaient fait espérer l'arrivée à Sarrebrück, est en ce moment à Nancy. Je l'apprends par cette lettre :

Nancy, 15 septembre.

Un de nos médecins étant devenu malade à Wörth je suis repartie le lendemain avec une expédition sous la direction du

professeur Heine. Il nous conduisait en pilote expérimenté ;
nous avançons avec précaution comme l'émigrant s'enfonçant
dans la forêt vierge et s'attendant à être surpris par les naturels
du pays qu'il explore. Nous vîmes de loin les flammes détrui-
sant un village près de Strasbourg. A diverses reprises, on nous
parle des hauts faits des francs tireurs dans les Vosges ; ils ne
respectent rien et la Croix-Rouge moins encore.

Enfin, nous sommes à Nancy à l'ambulance établie dans une
fabrique de tabacs ; je suis heureuse de travailler sous la direction intelligente d'un homme aussi distingué que le professeur
Heine. Il est sévère, exigeant même, suivant son invariable principe de n'être jamais satisfait de personne. Toutefois il com-
mence par appliquer ce principe à lui-même, aucun genre de
travail ne le rebute et il ne tolère aucune distinction à son profit.

La propreté, la bonne aération, la netteté et la ponctualité en
toutes choses le préoccupent vivement. Il répartit entre nous les
fonctions diverses. Il n'y a que le ménage dont il ne veuille pas
se mêler.

Un des chevaliers de Saint-Jean, le baron de Gall, et M. de
Schenk, un de leurs délégués, me fournissent le nécessaire.

Il nous arrive de Toul, de Metz, de Gravelotte, une foule de
soldats atteints de blessures exceptionnelles pour le pansement
desquelles il ne faut rien moins que le génie et le talent d'un
professeur de chirurgie. Des soins minutieux sont urgents pour
ces victimes. Je me sens de plus en plus la mère de tous ces pauvres malheureux ; mais une mère sans ressources, une femme de
ménage sans argent, et pour une famille de trois cents personnes,
il faut des provisions considérables. Notre délégué a maille à
partir avec la mairie, qui doit tout fournir et tout payer. En
attendant l'issue de leurs querelles, je manque de lait, d'œufs,
de sucre, de glace pour les opérations et enfin de charbon.

Je paye avec le dernier sou de ma poche, je fais des dettes,
afin de ne pas laisser souffrir un seul jour ceux de mes protégés
qui ont besoin d'aliments spéciaux pour conserver leur peu de
forces.

Un paysan veut bien chercher pour moi au marché le nécessaire à condition que c'est moi qui le payerai.

Je vois venir le moment où je ne pourrai plus suffire aux besoins, et au milieu de toute cette pénurie s'augmente encore la
difficulté de contenter tout le monde.

Je tâche de retenir jour et nuit à l'ambulance les médecins et leurs aides, parce que des blessés aussi mutilés donnent une besogne difficile et constante. Les heures de la visite, les opérations et hélas! les autopsies se succèdent sans interruption. De nouveaux blessés arrivent à chaque instant; en même temps que des chariots de malades à la recherche d'un abri que nous sommes obligés de leur refuser, parce que, sous aucun prétexte, pas un seul malade n'est autorisé à franchir le seuil de l'ambulance. Le blessé atteint d'une maladie épidémique est presque toujours un homme perdu, et sa maladie devient funeste aux autres.

Les infortunés qui ne sont pas admis à l'ambulance tombent souvent sans connaissance à la porte, je leur donne du bouillon en dépit de M. l'Économe qui se fâche. Quelle difficulté aussi de faire comprendre à ces gens qu'il ne s'agit ici ni d'Allemands, ni de Français, qu'il s'agit seulement d'êtres humains à soulager et à sauver!

Le docteur Heine m'a confié la salle des opérations. La tâche est pénible, ai-je besoin de vous le dire? Mais, j'ai le sentiment de la mère qui aime mieux voir souffrir son enfant sous ses yeux que de le confier à des mains étrangères. Ce pauvre soldat n'est-il déjà pas soulagé en voyant qu'il y a quelqu'un qui compatit à sa souffrance? Un regard de reconnaissance, un serrement de main prouve que ma sympathie ne lui est pas inutile. Et là-bas, du côté de Sarrebrück, que se passe-t-il? Quelque main secourable quelque cœur plein de charité n'est-il pas aux côtés de mon fils étanchant ses plaies, recevant son dernier soupir!.... Oh mon amie, cette femme c'est vous peut-être! Le fardeau de responsabilité qui pèse sur mes épaules est bien lourd et pourtant, je le bénis comme un bienfait. Les expériences faites à Wörth me sont fort utiles ici; de cinq heures du matin à onze heures du soir, les détails des arrivages et des distributions des secours de toute nature absorbent toutes mes facultés. Je classe sans cesse dans ma tête, et non parfois sans une certaine anxiété, les mille objets nécessaires pour le pansement, le traitement et l'entretien de tous ces malheureux dont la conservation dépend de ma prévoyance. L'inquiétude me gagne; où prendrai-je à l'avenir le nécessaire? Faudra-t-il que j'aie la douleur de voir mourir sous mes yeux ceux que je sauverais peut-être au moyen d'aliments particuliers? Déjà on me reproche d'exiger trop. Hélas! pour comble de chagrin, voilà que l'un de nos meilleurs médecins est malade aujourdhui. Heine vient de me dire : écrivez à la mère de notre ami. Si elle veut le voir une dernière fois, il faut qu'elle se hâte. C'est trop, chère amie! Je succombe à la fatigue, aux émotions.

Je ne sais si ma lettre vous arrivera. Mais ce que je ne sais que trop, c'est que s'il ne m'arrive promptement du secours, je suis perdue et mes pauvres enfants avec moi.

### 25 au 30 septembre.

A diverses reprises l'on nous avait parlé de la pénurie de secours personnels qui se faisait sentir en ce moment dans les ambulances de Rémilly et de Courcelles. Prévoyant que nous ne trouverons pas l'occasion d'employer pour nos malades de Sarrebrück toutes les ressources que les amis de M. Eloin et les miens nous ont envoyées, dans l'intention bien spécifiée qu'elles fussent employées au soulagement des soldats recueillis dans nos ambulances, et ayant reçu, d'autre part, des offres récentes de services personnels, je m'étais décidée à aller m'assurer de l'opportunité d'établir une ambulance belge dans l'un ou l'autre de ces villages. Le docteur Barbier m'accompagna dans cette petite excursion.

Arrivés près de Rémilly, village peu éloigné de Forbach, nous aperçûmes un vaste parc d'artillerie prussienne établi dans une prairie voisine de la gare. A quelques pas de là, un convoi nombreux de chariots et de charrettes recouverts de toile blanche et chargés de vivres, stationnait dans une prairie ; les chevaux de ces véhicules, dételés et laissés en liberté, y broutaient l'herbe ; tout cela animait singulièrement le paysage. Cette contrée est rendue très-pittoresque par les collines recouvertes d'arbres et de buissons qui bornent un horizon assez étendu. De vertes et larges plaines, bordées en certains endroits de peupliers, se déroulent au pied de ces monticules. Que de pensées différentes viennent assiéger l'esprit à la vue de cette nature sereine et féconde, au milieu de laquelle s'étalent tous ces instruments et ces préparatifs de destruction !

Nous descendîmes à Rémilly ; j'aperçus à la station du chemin de fer deux Johannites que j'abordai en me réclamant du baron de Furstemberg, un des délégués actuel de leur association, à Sarrebrück, à l'obligeance duquel je devais quelques mots de recommandation pour ceux de ses collègues que le hasard me ferait rencontrer.

Ces Messieurs montrèrent à mon égard une bienveillance extrême. Ils me firent excellent accueil et m'engagèrent à visiter une ambulance établie dans une charmante campagne très-proche du village où je trouverais, m'assurèrent-ils, le Professeur ***. Mieux qu'eux-mêmes au courant des besoins actuels des lazarets établis ou à établir dans ces environs, le Professeur me donnerait à cet égard, ajoutaient-ils, les indications nécessaires.

Ces Messieurs nous invitèrent avec instances à vouloir bien accepter à déjeuner dans un petit château voisin qu'on avait mis à leur disposition. Nous eûmes la satisfaction d'y rencontrer un de nos compatriotes, M. Pelzer. de Verviers, qui accompagnait une de ses jeunes parentes à la recherche de son mari, officier dans l'armée allemande. Invoquant sa qualité de Belge, M. Pelzer prétendit contribuer pour sa part à notre œuvre de Sarrebrück, et me promit l'envoi de mille excellents cigares destinés à nos pensionnaires.

J'allai ensuite visiter avec le docteur Barbier l'ambulance qui m'avait été désignée. La tenue de cet asile hospitalier était presque luxueuse; les salons de l'habitation,
de plein-pied avec le jardin, avaient été convertis en
chambres de malades, à l'usage desquels servaient les
lits et les meubles de la maison; les portes vitrées s'ou-
vraient sur une pelouse où un beau soleil d'automne avait
permis de rouler les lits de quelques blessés, d'autres
étaient assis au jardin dans des fauteuils ou étendus sur
des sofas portatifs. Des dames diaconesses faisaient le
service de cette ambulance, dirigées par le Professeur dont
j'ai le regret de n'avoir pas conservé le nom. Deux ou trois
dames distrayaient en ce moment par la lecture des soldats
français blessés ou convalescents. L'une d'elles me dit que
son fils unique, âgé de 12 ans, se trouvait en ce moment
enfermé dans Metz; elle aussi, comme mon amie M^{me} Behrends, comme à coup sûr un grand nombre d'autres mères
anxieuses pour leurs propres enfants, ne trouvait, disait-
elle, d'apaisement à ses angoisses, que dans les soulage-
ments qu'elle procurait aux malheureux soldats blessés.

Dans ce jardin, je rencontrai un de ces turcos, de la bra-
voure et de la férocité desquels il a été souvent question,
dans le récit des batailles qui marquèrent le début de la
guerre. Ce soldat légèrement blessé, mais rendu tout
perclus par des rhumatismes, me confirma le fait rapporté
par les journaux au sujet de la destruction presque totale
de son régiment; ces trois mille cinq cents hommes
arrivés d'Afrique furent conduits sur le théâtre de la
guerre après cinq jours de marche, sans qu'on leur eût
distribué de ration; pendant tout ce long trajet, ils n'a-
vaient, me disait-il, grignoté que quelque croûtons de
pain.

Le directeur de l'ambulance nous assura que le

nombre des blessés recueillis dans ces environs était peu élevé actuellement, et que les secours personnels y étaient suffisants. Toutefois, dans l'éventualité de sorties probablement très-prochaines de la garnison de Metz et des combats qui en résulteraient, il faisait construire en ce moment des baraques dans ce même enclos ; le Professeur accueillit avec reconnaissance l'offre que nous lui fîmes, d'y établir un groupe d'infirmiers et d'infirmières belges, le cas échéant. Parfaitement édifiés aussi par lui sur la situation des ambulances de Courcelles, qui ne manquaient de rien, selon lui, nous reprîmes la route de Sarrebrück. Dans le train qui nous ramena je trouvai un soldat français convalescent envoyé prisonnier en Allemagne, j'eus l'occasion de me débarrasser, en sa faveur, des petites provisions dont nous nous étions munis le matin, au départ, et que l'amabilité des Johannites avaient rendues inutiles pour nous.

6 octobre.

Les médecins qui traitent le lieutenant Pierson blessé français et le sous-lieutenant Feyerabend, malade prussien, ayant permis aujourd'hui à ces Messieurs de s'asseoir dans le jardin, je me suis assurée qu'ils n'éprouveraient aucune répugnance à se trouver ensemble. L'officier prussien m'ayant priée de le présenter au lieutenant français, je l'ai conduit auprès de lui ; après les avoir établis au soleil, je suis restée avec eux, leur servant d'interprète pour les paroles de politesse qu'ils échangèrent.

Le sous-lieutenant Fécheroulle se remet aussi, lentement. Sa jeunesse, sa patience et la sympathie qu'il témoigne en toutes circonstances à ses compagnons d'armes blessés ou malades, nous disposent tout naturellement à le gâter un peu. Il m'appelle sa Maman ; il aime à m'entretenir de sa mère, de son père, de sa sœur, auxquels il parle aussi de nous dans ses lettres. Sa famille, qui habite Pont-à-Mousson, lui envoie parfois des fruits ou des friandises, et le charge de messages affectueux pour nous. Un de ces envois contenait aujourd'hui un petit sac de noix, dont on serait tenté d'attribuer la provenance à la terre de Chanaan. Distribuées à tous les habitants de la baraque française, les noix y ont servi de dessert et ont été trouvées d'autant meilleures qu'elles venaient de France.

On est venu enlever tantôt le corps d'un jeune sous-officier de la landwehr, que le typhus a emporté. C'était un caractère charmant et une nature tout à fait distinguée. Il s'était marié le 28 avril dernier ! Son grade lui donnait droit aux honneurs militaires qui lui furent rendus, circonstance qui se présentait pour la première fois à l'ambulance. Jusqu'à présent les morts avaient été conduits, sur un chariot, sans la moindre escorte à la fosse commune. Que de fois, en voyant emmener leur cercueil, j'aurais voulu pouvoir accompagner, jusqu'à leur tombe, ces martyrs dont les douleurs nous avaient si souvent émues !

1er octobre.

Des affaires de famille urgentes ayant réclamé ma présence en Belgique, je suis partie samedi dernier pour Bruxelles. Après cinq jours d'absence, l'aller et le retour

3.

en ayant réclamé quatre, j'ai eu la satisfaction de constater
que l'ambulance suivait sa marche d'amélioration, pour
la majeure partie de nos pensionnaires. Le plaisir que
j'ai éprouvé en revoyant mes chères compagnes et la joie
qu'elles ont montrée à mon retour, témoignaient assez
de l'attachement qu'a cimenté entre nous l'exercice en
commun de la charité.

Du 7 au 10 octobre.

Les départs successifs de nos pensionnaires allemands
qui, rendus à la santé, rentrent dans leurs régiments respectifs, et le transport en Allemagne de ceux de nos
blessés français en état de supporter la locomotion ont
diminué considérablement, ces jours-ci, le nombre des
soldats confiés à nos soins. La perspective de cette trans-
lation était pour nos Français une source d'inquiétudes
et de tristesse. Nous avons voulu, en prévision des privations qui pourraient leur être imposées, adoucir un peu
l'amertume de leur départ ; grâce aux ressources qui nous
restent, nous avons pu remettre à chacun d'eux un petit
trousseau de linge et un don en argent.

Si le temps devenait humide ou froid, la disposition
de ces baraques, dont le système d'aération a contri-
bué pour une large part, au succès du traitement des
malades, les rendrait à coup sûr inhabitables ; l'administration se verrait obligée de déverser les malades
et les blessés qui y resteraient dans les hôpitaux de la
ville.

La mi-octobre étant à peu près le terme extrême du
temps dont disposent la plupart de nos infirmiers et infir-

mières, le jour de notre départ approche ; et comme pour augmenter encore le regret que nous éprouverons au moment de nous séparer de nos protégés, voilà qu'un revirement, amené lentement, il est vrai, dans les dispositions peu sympathiques des quelques personnes que nous rencontrons journellement, a dissipé tous les nuages qui avaient assombri trop longtemps notre horizon. Depuis quelques jours seulement le régisseur, dont j'ai déjà parlé, a été remplacé par un fonctionnaire tout à fait digne de cet emploi de confiance. Les sœurs de charité sont revenues aussi à des sentiments plus affectueux à notre égard. Après avoir partagé d'abord les préventions qui s'étaient manifestées contre nous, force leur a été d'en reconnaître l'injustice. A diverses reprises, elles nous en ont témoigné leurs regrets. Leur petit groupe s'augmentera ces jours-ci de quelques autres sœurs infirmières, qui soigneront, jusqu'à l'entière évacuation des baraques, les blessés ou les malades. Nous recevons aussi parfois, de la part de quelques dames de Sarrebrück, des témoignages de sympathie, qui pour s'être fait un peu longtemps attendre, n'en ont aujourd'hui pour nous que plus de valeur.

13 octobre.

Instruits par nous de notre prochain départ, le comte de Fürstemberg, actuellement chef du comité des Johannites à Sarrebrück, la commission des hospices et notre bon docteur Berg nous adressent ce soir des lettres de remercîment très-flatteuses. Elles constatent que la petite colonie belge, malgré de sérieuses et nombreuses difficultés, a rempli avec succès à Sarrebrück la mission qu'elle s'était imposée.

Pendant les derniers temps de mon séjour à Sarrebrück, je m'étais inquiétée du silence prolongé de mon amie M^me Behrends; quelques jours après mon retour à Bruxelles, je reçus d'elle la lettre suivante qui sera lue peut-être encore avec plus d'intérêt que ses lettres précédentes :

De Nancy à Carlsruhe, 15 octobre.

Je vous écris d'un wagon à bestiaux transformé en cuisine ambulante.

C'est par l'*Indépendance belge* que j'ai reçu les premières nouvelles de vous. J'ai lu votre lettre de Sarrebrück, et, à ma grande surprise, celle que, dans mon désespoir, j'avais écrite à Hélène. Mon effroi fut grand de me voir imprimée là, dans une lettre tout intime; mais, comme me l'écrivait notre amie: " *C'est pour les blessés !* " Et je bénis son indiscrétion.

Me voilà riche. L'*Indépendance belge* m'a envoyé mille francs, et M^me Benary, une jeune Allemande qui habitait autrefois Paris, m'apporte son concours sous des formes diverses. D'abord, elle vient me seconder personnellement, et elle le fait avec un zèle et une simplicité qui me touchent.

Enfin, comme si le bien, ainsi que le mal, — d'après ce que l'on dit, — ne venait jamais seul, je me sens tout à coup soutenue de toutes parts.

Le maire de Nancy a compris son devoir : chaque matin, son délégué vient avec bienveillance s'informer de nos besoins. Je reçois d'Allemagne deux envois simultanés : l'un nous vient de Wurzbourg, par l'intermédiaire du docteur Osan; l'autre de Stuttgart, grâce à l'intervention de M. le baron de Gall.

Me voilà donc à même de nourrir bel et bien mes chers mutilés et je ne m'en fais pas faute. Avec quel plaisir je recherche le caprice de chacun, j'éveille la fantaisie du plus faible! Il n'est pas jusqu'au confiseur qui n'ait à répondre à mon appel. Un tout petit morceau de gâteau est la récompense de celui qui prend tout son bouillon : et je passe plusieurs heures par jour à porter moi-même ces petites douceurs à la bouche de mes pauvres enfants.

Une seule note discordante est venue troubler l'harmonie de notre groupe, harmonie qui n'était pas sans influence sur le bien-être de nos malades. C'est la visite d'un médecin militaire prussien qui se disait le docteur en chef de notre ambulance. Comme bien vous pensez, nous ne reconnaissions, nous, d'autre autorité que celle de notre docteur et maître : c'est ce que je déclarai franchement au nouveau venu. Mais le docteur Heine, toujours plein de tact, nous fit observer que le visiteur était, jusqu'à certain point, dans son droit, et m'engagea à m'entendre avec lui pour ce qui concernait le ménage.

La presse belge m'avait si bien servie que je me trouvais, pour le bonheur de mes blessés, dans l'abondance et que notre établissement se serait embelli de jour en jour, si notre digne chef, M. le professeur Heine, n'avait été rappelé à sa chaire d'*Inspruck*.

Un train d'ambulance, sous la direction du prince de Weimar, devait venir nous prendre. Par je ne sais quel malentendu, nous restons abandonnés. En moins de 24 heures, le docteur Heine improvise un train-ambulance pour transporter les 70 blessés qu'il a arrachés à la mort. C'était ce qui restait de nos 450 hommes : 32 avaient succombé, les autres, convalescents, avaient pu être évacués.

Suivant les ordres de notre chef, les blessés avaient été transportés dans leurs lits, fixés sur des coussins mous pour éviter les secousses; les médecins et les infirmières, auxquels ils étaient habitués, s'étaient établis dans les wagons.

Dans mon wagon-cuisine, j'ai pour seul aide le docteur H..., jeune savant, qui met tout son dévouement au service de ses fonctions de marmiton.

Notre fourneau, installé avec le même soin que le reste du train, nous permet de fournir les repas à heures fixes et dans d'aussi bonnes conditions qu'à l'ambulance de Nancy. . . . .

. . . . . . . . . . . . . . . . . . . .

Après deux jours de voyage, nous arrivâmes sans accident à Carlsruhe. Comprenez-vous notre émotion à la traversée du Rhin ?

Il y avait deux mois que, tous les douze, nous étions partis. Le jeune professeur qui nous conduisait avait, grâce à sa grande habileté sauvé bien des existences. Nous lui devions d'avoir pu adoucir tant de souffrances! Je lui en garde pour ma part, une gratitude profonde.

A Carlsruhe, le professeur a confié nos chers blessés à des médecins distingués. Je ne me prive pas du bonheur de visiter encore ceux qui m'ont été confiés si longtemps et pour lesquels je me sens un si profond attachement.

Nous devons à Mme Benary, qui déjà s'est montrée très-généreuse, une somme d'argent de soixante mille francs, qui sera consacrée à nos invalides, aux femmes, aux enfants, aux mères de ceux qui sont morts dans nos bras. Je voudrais vous faire connaître cette bienfaitrice de notre ambulance. Elle a les allures simples et modestes d'une jeune fille, et elle fait le bien pour la seule satisfaction de son noble cœur.

Puisque me voilà en possession d'un peu de calme et de repos, pourquoi ne profiterais-je pas de mon séjour à Carlsruhe, pour embrasser ma fille que je n'ai pas vue depuis 3 mois? L'action suit de près la pensée : je lui envoie un télégramme et l'attends. Mais la guerre n'est pas finie, il ne faut pas compter sans ses hasards. Le jour même où je me flattais de voir mon enfant, je reçus la mission d'aller à Lunéville pour en ramener un train de blessés.

Il m'en coûta, je vous l'avoue.

Nous voilà près de Raon-l'Étappe. On a fait sauter un pont. La lutte doit avoir été terrible ici. Il a fallu prendre maison par maison.

Notre train abrite un pauvre franc tireur qui a tué un employé. 120 de ses camarades ont été fusillés ce matin et il s'attend à subir bientôt le même sort. Des dragons à cheval escortent notre train. On trouve des morceaux de bois sur les rails. Des dangers plus grands nous menacent, dit-on, il serait prudent de ne pas passer la nuit dans le train... mais il faut y rester. Certes, la guerre est pleine de dangers, et ceux qui suivent ses traces sanglantes s'y exposent plus ou moins. Mais quelle importance peut-on attacher à ces *on-dit* lorsqu'on songe aux chances autrement fatales auxquelles on expose des milliers de combattants?

Nous emportons 350 blessés. Je cuisine nuit et jour, aidée par le D^r N., mon marmiton de Nancy, et le D^r W., le chimiste, qui enveloppe mes marmites dans des couvertures de laine, afin de faire bouillir plus rapidement leur contenu. Ces messieurs lavent la vaisselle et m'aident avec ce scrupule consciencieux de jeunes savants cherchant partout à appliquer une méthode.

Une semaine passée en plein air, nuit et jour, et nous nous retrouvons à Carlsruhe. Ma fille qui, par hasard, passait devant la gare au moment où notre train y entrait, ne reconnaît d'abord pas sa mère sous l'affreux costume qu'elle porte.

Je repartirai très-probablement aussitôt que j'aurai pris un peu de repos. Écrivez-moi ici.


29 octobre.


Metz a capitulé, je préviens ce soir celles de mes compagnes que je sais disposées à me suivre, que nous nous rendrons dans cette ville, aussitôt que j'aurai acquis la certitude que nous pouvons y être utiles.

METZ

# METZ

Dès que la capitulation de Metz fut connue, M. Eloin, ainsi que MM. les docteurs Coomans, Barbier et Willems, et nos jeunes infirmiers de Sarrebrück, MM. Adelin Doyen et Charles Mussche, se dirigèrent vers cette malheureuse ville. Ces Messieurs emportaient avec eux le matériel d'une ambulance de campagne renfermé dans une immense voiture-tapissière que traînaient quatre chevaux. Cette voiture contenait huit hamacs et cinq siéges, quatre cacolets étaient accrochés à l'extérieur ; l'impériale recouverte d'une haute bâche pouvait recevoir seize hommes couchés et les abritait contre les intempéries de l'air. La petite caravane, arrivée à Metz les premiers jours de novembre, trouva la ville encombrée de soldats blessés et malades ; les secours de toute nature y faisaient défaut au lendemain du siége et des milliers d'infortunés manquaient là des choses les plus indispensables. Dès le soir même de leur arrivée, ces

Messieurs se mirent à la disposition des autorités militaires qui les chargèrent d'opérer l'évacuation de l'esplanade et de transporter les malades et les blessés à la caserne de la Chambière.

« Le lendemain à sept heures, nous nous dirigeâmes
» avec notre matériel vers l'esplanade, m'écrivait
» M. Adelin Doyen, à la date du 10 novembre; un spec-
» tacle navrant nous y attendait. Depuis les terribles jour-
» nées des 17, 18 et 19 août, cette place si vaste avait été
» convertie en hôpital. D'un côté de petites tentes, de
» l'autre des waggons de chemin de fer abritaient un
» grand nombre de malades et de blessés. Je n'essayerai
» pas de vous dépeindre dans quel état nous les trou-
» vâmes; mais vous saurez que jamais spectacle plus
» triste ne s'offrit à nos regards. Tous ces hommes étaient
» dans un état complet de délabrement qui faisait horreur
» reur : les lambeaux de vêtements qui les recouvraient
» mal étaient tout souillés de sang et de boue, et exha-
» laient une odeur fétide. Un certain nombre de ces mal-
» heureux avaient aux pieds des chaussures qu'ils n'a-
» vaient plus ôtées depuis plusieurs semaines. Ajoutez à
» cela le typhus, la dyssenterie et bien d'autres maladies,
» si communes en temps de guerre, qui minaient ces sol-
» dats, et vous n'aurez qu'une idée bien imparfaite encore
» de ce qu'était au moment de notre arrivée, l'esplanade
» de Metz. Il nous fallut plus de quatre jours pour trans-
» porter, avec toutes les précautions que réclamait leur
» triste position, 335 blessés dans différents locaux.
» Nous avions à peine rempli cette tâche que M. Eloin
» reçut la visite d'un médecin et de deux conseillers
» intimes de S. M. l'Impératrice de Russie; ils avaient
» ordre de ramener à Neuwied, petite ville située sur le

» Rhin, un certain nombre de blessés pour y être soi-
» gnés aux frais de l'Impératrice. Les moyens de trans-
» port leur faisant défaut, ils venaient nous prier de les
» aider dans leur mission. Nous nous rendîmes avec
» empressement à leur appel et, pendant deux jours, nous
» transportâmes du polygone, de l'hôpital militaire et de
» la fabrique des tabacs à la gare de Metz environ une
» centaine de blessés. Grâce au concours du comité
» du pain de Bruxelles que représente ici M. Astruc,
» grâce aux sociétés de secours de Luxembourg et de Liége,
» nous pûmes prodiguer à ces blessés tous les soins que
» réclamait leur état. Nous avons donc transporté sur
» différents points de la ville, environ 350 malades et
» blessés auxquels nous avons pu entre autres secours
» distribuer 6.000 cigares, 65 bouteilles de vin, 8 bou-
» teilles de cognac, etc. Notre mission est terminée à
» Metz où le docteur Grellois, prévenu par nous de votre
» arrivée, vous attend à tout moment. Dès demain nous
» nous dirigerons vers le théâtre de la lutte, nous y as-
» sisterons à des spectacles plus dramatiques peut-être,
» mais ils ne sauraient à coup sûr être plus navrants
» que ceux que nous eûmes ici sous les yeux. Si les cir-
» constances me le permettent, je prendrai la liberté de
» vous tenir au courant des efforts et des succès de notre
» expédition, vous pourrez suivre ainsi par la pensée
» ceux qui avec vous s'enrôlèrent sous la bannière de la
» Croix-Rouge, au début de la guerre. »

M. le docteur Grellois, chef du service sanitaire de
la garnison française, prisonnière à Metz, instruit de
notre prochaine arrivée, avait accepté avec reconnaissance
l'offre de nos services et les avait réclamés pour l'ambulance des officiers blessés installés dans les locaux de

l'École d'application. Quatre infirmières suffiraient, selon le docteur, pour ce service, auquel se trouveront attachés des infirmiers subalternes... M<sup>lles</sup> Adèle Catteaux, Rosalie Van Dyck et Élisa Pluys se disposent à m'accompagner. M. Bérardi, directeur de l'*Indépendance belge*, a bien voulu me faire remettre aujourd'hui une somme de 2,500 francs prélevée sur la souscription ouverte dans son journal au profit des blessés, et destinée au soulagement des victimes de la guerre que nous soignerons à Metz. Déjà M. Couvreur avait été chargé par lui de m'envoyer à Sarrebrück 500 francs, qui furent consacrés au bien-être de nos pensionnaires.

Metz, 16 novembre.

Nous avons quitté Bruxelles hier à midi. Adèle était arrivée le matin d'Anvers, Rosalie et Élisa nous ont rejointes à la gare. Nous emportions une vingtaine de caisses contenant du linge et des vivres, que le Comité distributeur de la Croix-Rouge à Bruxelles nous avait remis pour les blessés de Metz. Avec quel plaisir mes compagnes et moi nous nous retrouvions ! Nous reconnaissions n'avoir point passé un seul jour depuis notre retour de Sarrebrück, sans regretter l'interruption forcée de notre mission d'infirmières, sans souhaiter d'en reprendre bientôt les fonctions, la guerre continuant sans trêve ni merci à faire des victimes.

M. le gouverneur du Luxembourg belge, instruit de notre arrivée, se trouvait à la gare d'Arlon ; il mit obligeamment à notre disposition son hôtel et ses services. Grâce à lui nous pûmes, chose peu facile en ce moment à cause de la présence des avant-gardes prussiennes et des francs tireurs sur la frontière française, nous procurer une voiture et un chariot pour transporter le lendemain à Metz nos personnes et nos bagages. Nous retrouvions nos véhicules ce matin à 8 heures à la gare de Longwy, petite ville française, convoitée par les Prussiens à cause de sa citadelle, qui renferme une garnison. A partir de Longwy, la route monte fort et longtemps ; le pays paraît pittoresque, mais peu habité ; à peine avons-nous rencontré sur le chemin une dizaine de personnes depuis Longwy jusqu'à Fontoy, village occupé déjà par les Prussiens, et où nous nous arrêtâmes pour faire reposer les chevaux. La maîtresse de l'auberge, seule au logis, nous parut très-ahurie par tout ce qui se passait autour d'elle depuis quelques jours : à la vérité, les ennemis ne commettaient ni crimes ni dégâts ; mais ils se faisaient servir, dans les maisons où ils étaient logés, des repas si copieux et si fréquents, que la malheureuse femme entrevoyait pour le canton une affreuse disette, si quelque victoire, remportée par les Français, ne venait refouler bientôt sur leur territoire ces bataillons de Gargantuas. En fin de compte, elle nous avertissait qu'elle serait obligée de nous faire payer assez cher le peu qu'elle nous servirait. Cet exorde ne présageait rien de bon quant au menu du déjeuner que nos estomacs, assez prussiens pour l'heure, réclamaient avec impatience. Nous commencions notre modeste repas, lorsque nous vîmes une femme faire irruption en sanglotant dans la cuisine et entraîner de force notre hôtesse chez une voisine, dont l'enfant venait d'expirer. Nous crûmes d'abord à une petite ruse pour couper court au déjeuner commandé à prix convenu. Vérification faite du fourneau, j'aperçus un simulacre de rôti, j'en surveillai la cuisson et l'apportai bientôt à mes compagnes. A peine avions-nous quitté ce village, que notre cocher arrêta tout à coup la voiture et nous avertit d'un air effrayé qu'il n'apercevait plus le chariot qui nous avait suivis de près depuis le matin. D'après le cocher, il était à craindre que les Prussiens ne l'eussent confisqué. Je donnai l'ordre de rebrousser chemin pour aller à sa recherche, lorsque nous vîmes le retardataire arriver au grand trot ; il avait, en effet été arrêté et visité par des Prussiens ; mais la marque de la Croix-Rouge, apposée sur les colis, avait suffi pour les faire respecter, et après quelques pourparlers avec le conducteur, celui-ci avait reçu l'autorisation de nous rejoindre.

Dans cette partie de la Lorraine, la campagne présentait un aspect de tristesse qui nous gagna bientôt aussi. Les champs ne sont ni labourés ni ensemencés ; les maisons situées au bord du chemin sont désertes, les étables et les écuries ouvertes et vides. Les campagnards ont fui, emportant leurs bestiaux et leurs meubles ; les indigents seuls restent. Nous ne voyons sur la route que des mendiants et des soldats allemands. Le superbe établissement métallurgique d'Hayange, qui rivalise en France avec celui du Creusot, est silencieux et désert ; l'aubergiste de l'endroit nous dit qu'environ deux mille ouvriers, qui y trouvaient un travail assuré pendant toute l'année, ne vivent à présent que de secours dus à la générosité de MM. Wendel, propriétaires de l'usine. A l'endroit où la route bifurque vers Thionville et Metz, nous apercevons un parc d'artillerie, établi là en prévision du siége prochain de Thionville ; dès lors et jusqu'à une lieue de

Metz, nous ne rencontrâmes, à chaque pas, que pièces d'artillerie, fourgons, chariots, caissons de munitions accompagnés de soldats allemands, qui s'en allaient en chantant faire un nouveau siége et de nouvelles victimes. A deux lieues de Metz, le pays offre le spectacle de la dévastation; aussi loin que porte la vue, on n'a devant soi que le vide et des ruines; les arbres sont abattus ou sciés; pas une maison, pas un bâtiment, pas un buisson n'est resté debout. Cette campagne, ainsi dénudée, fait songer au désert. Des hameaux, des villages entiers ont été détruits par l'incendie; quelques tas de pierres, des pans de murs noircis indiquent seuls leur place. Toutes ces dévastations par la hache et l'incendie ont été ordonnées par les généraux français qui, conformément aux traditions de l'art des siéges, s'attendaient constamment à des opérations offensives du côté des assiégeants, alors que ceux-ci ne songeaient qu'à les réduire par la famine. Quelques monticules de terre, quelques fossés creusés, quelques épaulements qui protégeaient les batteries, sont les seuls ouvrages que nous apercevions le long de la route. A diverses reprises, des émanations fétides nous avertissent que les champs, le long desquels nous passons, sont devenus des cimetières. La nuit tombait lorsque notre voiture franchit les ponts des fortifications de Metz : nous entrâmes dans la ville sans difficulté, sans devoir même exhiber nos passe-ports. Un soldat prussien, préposé à l'octroi, se contenta de nous demander si nous avions du vin et des comestibles avec nous; nous lui répondîmes que nous en apportions pour les blessés que nous venions soigner. Le soldat fit le salut militaire et nous laissa passer. La ville est peu éclairée en ce moment, à cause de la cherté du charbon; le gaz est rare et peu lumineux dans les rues. Notre cocher, tout à fait étranger

4

daus Metz, nous a conduites, après bien des détours, à
la rue *de la Garde*, où l'on nous avait retenu un logement. Tandis que mes compagnes y faisaient déposer
nos bagages, je suis allée annoncer notre arrivée à M. le
docteur Grellois. Celui-ci m'a reçue avec grande politesse et m'a témoigné sa reconnaissance pour notre
empressement à nous rendre à son appel. Il a donné
immédiatement l'ordre de faire mettre notre chariot en
lieu de sûreté, et m'a offert d'aller nous installer lui-même
demain matin à l'école d'application. J'ai appris par lui
qu'il se trouve encore à Metz, en ce moment, plus de vingt
mille soldats blessés ou malades, et qu'en outre la population civile y est cruellement éprouvée par les épidémies;
on compte ici vingt-cinq à trente décès par jour, alors
que le chiffre ordinaire est de quatre ou cinq seulement.
L'encombrement des ambulances, l'épuisement des ressources particulières que les Messins ont prodiguées aux
soldats, avec tant de générosité, pendant le siége, les
soins à donner aux malades retenant aujourd'hui dans
leurs familles un grand nombre de femmes qui s'étaient
faites les infirmières volontaires des blessés, ont amené
pour ceux-ci une situation déplorable. Le docteur m'a
dépeint certaines ambulances comme tellement dénuées
de secours personnels, que je n'ai pas hésité à nous pro-
poser pour leur service. M. Grellois m'a dit qu'il nous
autoriserait à nous établir où nous le jugerions convenable. Toutefois, il reste décidé qu'il nous accompagnera
demain matin à l'ambulance de l'École d'application.

Adèle et Rosalie sont installées dans une chambre assez mal tenue, voisine du grenier ; Elisa et moi sommes
en possession de celle du rez-de-chaussée qui est humide
et basse; c'est en vain que nous essayons ce soir
de faire flamber quelques morceaux de bois mouillés

dans un vieux poêle tout détraqué. Cette maison est pleine de soldats prussiens, nos hôtes semblent accablés de besogne et d'ennuis. Quelle que soit notre installation, nous en prenons aisément notre parti et ne songeons qu'aux services que, dès demain, nous allons rendre à toutes ces infortunés dont m'entretenait tantôt le docteur.

Notre compatriote, le docteur Barbier, qui n'avait pas encore quitté Metz, est venu nous trouver ce soir et nous a donné, sur la mission remplie ici par la petite caravane belge, des détails qui ajoutent encore à l'intérêt de ceux que contenait la lettre de M. Doyen.

17 novembre.

Nous étions ce matin dès huit heures chez M. Grellois qui nous a conduites à l'École d'application. Cet immense bâtiment est divisé en cinq quartiers, ayant chacun plusieurs étages ; à chaque étage cinq ou six chambres qu'occupent en ce moment une centaine d'officiers blessés ; déjà beaucoup d'entre eux sont en voie de guérison. Après avoir parcouru cet hôpital improvisé, nous fûmes unanimes à trouver que ce service présenterait pour nous beaucoup de difficultés, à cause de la répartition des locaux ; ensuite, ce que nous avons appris, par ces officiers eux-mêmes, nous a convaincues que la manière dont ils y sont traités ne laissait point assez à désirer pour motiver notre présence dans cette ambulance, relativement privilégiée.

M. Grellois m'engagea à aller visiter, comme opposition à ce que nous venions de voir, les ambulances de la caserne du génie et de l'arsenal d'artillerie et me remit un mot d'introduction pour le chirurgien-major Baudouin, directeur de ce service. Tandis que mes compagnes s'occupaient de réemballer et de faire descendre les caisses, qu'un ordre mal entendu avait fait monter et déballer à un étage supérieur de l'École, je me rendis à la caserne du génie. L'on y arrive par un chemin pavé séparant l'Esplanade de la place Royale sur laquelle s'ouvre le grillage de la caserne, un des plus beaux établissements de ce genre qui existent, dit-on, en Europe. L'Esplanade est en ce moment encore couverte des petites tentes de campements sous chacune desquelles huit hommes blessés et malades étaient couchés sur une litière de paille, pendant la durée du siége. Sur la place Royale, sont alignées dix longues rangées de voitures de chemin de fer employées, en temps ordinaire, au transport des bestiaux et des marchandises ; chacun de ces wagons avait contenu douze blessés ; le chiffre total des soldats recueillis en cet endroit s'élevait à près de six mille. Des femmes de tout rang et de tout âge s'étaient dévouées sans repos au service de ces malheureux.

On avait compté plus de trente mille soldats blessés et malades dans l'enceinte de la ville seulement. Après la levée du siége, ce chiffre se trouva accru encore par l'adjonction des soldats prussiens trop malades ou trop blessés pour être transportés en Allemagne. Ceux-ci se trouvent en ce moment dans les hôpitaux sédentaires de Metz. Cette agglomération d'hommes blessés et malades a vicié l'air qu'on respire, et la malpropreté des rues de la ville ajoute encore aux miasmes.

En entrant dans la cour de la caserne du génie, où deux mille cinq cents blessés sont réunis et soignés, je rencontrai une dame que le même motif y avait amenée :

c'était lady Pigot qui venait offrir les services du personnel de son ambulance au docteur Baudouin. Nous nous abordâmes et échangeâmes nos noms en attendant l'arrivée du directeur, qu'il est difficile de rencontrer chez lui. Je connaissais le nom de la dame anglaise et les services rendus par elle en Allemagne, au début de la guerre ; elle, de son côté, avait entendu parler de notre ambulance de Sarrebrück ; nous nous félicitâmes du hasard de notre rencontre. Bientôt un prêtre, que ses allures pleines de vivacité me firent prendre pour un méridional, vint à passer ; il s'approcha, et ayant appris le motif de ma présence, il m'offrit de me conduire auprès du docteur, qu'il m'aiderait, disait-il, à trouver dans un autre quartier. Après avoir traversé la rue, nous entrâmes dans un local appelé le grenier aux blés. Mon Dieu ! Quel spectacle ! Dans une salle obscure et basse, gisaient plus de cent blessés et malades, couchés sur des paillasses ; pas de portes à ce hangar, ni de vitrages aux lucarnes. Un escalier extérieur conduisait du dehors à l'étage où plus de cent autres infortunés gisaient dans les mêmes conditions. Je ne fis que traverser ce réduit à la suite de l'abbé qui courait plutôt qu'il ne marchait entre tous ces grabats. Venez maintenant ici, me dit-il, en m'entraînant vers l'arsenal d'artillerie, voisin du grenier aux blés. Je continuai à suivre le prêtre muette et comme stupéfiée par tout ce que je venais de voir.

Les bâtiments de l'arsenal forment un vaste carré, le bâtiment de la façade est occupé par des bureaux. Tout l'étage de l'arsenal est rempli d'armes ; les salles du rez-de-chaussée, pavées, et séparées entre elles par des porches et des grillages, servent en temps ordinaire à remiser les canons et les caissons. De rares fenêtres, n'y laissent pénétrer qu'un jour douteux ; elles abritent en ce moment cinq cents soldats malades et blessés. Environ trois cents d'entre eux sont atteints de la fièvre typhoïde, de la dyssenterie et de la variole. « Si vous avez quelque » charité dans le cœur, vous resterez ici, me dit l'abbé. » Hélas ! tout fait défaut à ces malheureux, continua- » t-il, nous avons à la vérité d'excellents chirurgiens et » de bons infirmiers panseurs ; mais les malades man- » quent de soins et de secours. » On me dit que la pharmacie est incomplète, et qu'il n'y a pas de cuisine pour les malades ; leur régime est à peu près celui du soldat en campagne : du pain plus noir que blanc, un petit morceau de bœuf bouilli, un décilitre d'eau-de-vie. Une dame de la ville et une bonne petite sœur de charité leur apportaient de temps à autre de la tisane et un peu de soupe ; mais ce secours était bien insuffisant. Grâce au don d'un particulier généreux, les hommes re- cevaient, depuis quelques jours seulement, une portion de riz. La plupart restaient couchés tout habillés pour se garantir du froid. Faute d'aménagement, il y avait de malheureux soldats atteints du typhus et de la dyssen- terie qui, se soutenant à peine, étaient forcés d'aller re- joindre dans la cour les baquets, sous la neige et la pluie à peine vêtus, sans bas ni souliers ! Comme dans le grenier aux blés, la malpropreté et les miasmes fétides de cette ambulance soulevaient le cœur. Pendant un in- stant, j'hésitai à y introduire des jeunes filles, dans la crainte de les exposer aux effets de ces émanations pesti- lentielles et à la contagion des épidémies. L'abbé, voyant mon hésitation, me dit : « Ne craignez rien et restez ici. » « J'y suis, pour mon compte, toute disposée, lui répon- » dis-je, mais je dois consulter mes compagnes. » J'allai les retrouver.

Il est décidé que nous acceptons le service de l'arsenal.

Le docteur Baudouin confie l'ambulance du grenier aux blés à lady Pigot et à ses compagnes; il remet à nos soins celle de l'Arsenal. Déjà nous avons passé deux heures, aujourd'hui même, à visiter nos protégés, à annoter sur nos carnets leurs noms et le genre de souffrances dont ils se plaignent. Adèle aura la surveillance du pavillon du centre qui contient deux cents grabats. Rosalie dirigera le service de l'aile gauche qui en abrite cent cinquante autres; j'aurai celui de l'aile droite avec la direction générale des secours à distribuer. Élisa s'établit dans des pièces voisines de la porte d'entrée; elle y dirigera la lingerie et la pharmacie. Bientôt, elle est occupée à y ranger le linge, les médicaments, les vêtements et les provisions que nous avons apportés.

Ne pouvant continuer à occuper les chambres malpropres et humides de la rue de la Garde, nous nous sommes mises, sous la conduite du docteur Barbier, à la recherche d'un autre logement. Les hôtels, à Metz, sont en ce moment occupés par les officiers prussiens, et quelques chambres sont exclusivement réservées par les hôteliers prévoyants pour les voyageurs habitués à descendre chez eux. Nous désespérions à peu près de réussir à nous mieux caser, lorsque éprouvant un nouveau refus à l'hôtel de Paris, petit hôtel de second ordre, où nous nous étions adressés déjà, il vint à l'esprit de notre docteur de déroger pour cette fois à ses habitudes de douceur et de calme. D'un ton très-énergique, il dit à l'hôtesse que si nous n'obtenions pas des chambres au prix de location que celle-ci fixerait, il nous les ferait donner à titre de logements militaires par l'autorité. J'avais grand'peine à garder mon sérieux, en entendant parler ainsi notre timide docteur. Le succès couronna son audace. L'hôtesse nous offrit au 3° étage une chambre à deux lits où elle essayera d'en installer deux autres, en attendant que le départ de quelques voyageurs lui permette de nous loger plus convenablement.

Notre installation s'est faite promptement... Nos costumes d'infirmières sont déballés, tout prêts à être repris demain... un fourreau en waterproof, le tablier à bavette et un capuchon en cachemire noir. Il pleut, il neige et le froid se fait vivement sentir.

18 novembre.

Notre ambulance était ce matin une véritable tour de Babel; il nous faudra plusieurs jours pour y mettre de l'ordre et régler les choses de manière à pouvoir y rendre d'utiles services. Nous étions à la besogne de bonne heure. Nous avons commencé par faire descendre, dans chacune de nos salles, de grandes tables qu'un caporal, qui représente ici avec un sergent l'autorité militaire, a trouvées à l'étage supérieur. Elles nous servent à y déposer des objets de pansements, des médicaments, des douceurs pour les malades. Les chirurgiens sont arrivés à 9 heures. Notre carnet à la main, nous les avons accompagnés dans leur visite. Ces Messieurs nous ont confirmé l'opinion que notre première inspection, faite hier, nous avait donnée du caractère des maladies qui sévissent ici. Ni la fièvre typhoïde, ni la dyssenterie n'y présentent le caractère inflammatoire et violent qu'elles avaient chez les Allemands dans notre ambulance de Sarrebrück. C'est principalement l'anémie, produite par les privations, qui emporte ici ces malheureux. Le chirurgien de ma salle m'a paru profondément découragé; je remarquai qu'il s'occupait minutieusement des blessés ; mais, chaque fois qu'il avait interrogé un malade, je le voyais sourire tristement et s'éloigner en haussant les épaules, après avoir prescrit quelque potion opiacée. La visite terminée, je le priai de m'indiquer le genre de service qu'il désirait plus spécialement me voir rendre dans cette ambulance. Je désespérais de réussir à faire tout ce que réclamait le soulagement de tant de souffrances. « Tout, tout ce que » vous pourrez, et tenez, ajouta-t-il, alors que vous ne » feriez autre chose que reprendre aux plus malades ce » pain qui les étouffe, quand on vient le leur jeter sur » leur grabat (la distribution des vivres se faisait ainsi), » déjà vous leur rendriez un grand service. Ils meurent » ici, faute d'une nourriture appropriée à leur tempéra- » ment affaibli. » « Mais docteur, lui dis-je, si nous » organisions une cuisine pour les malades ? » « Vous les » sauveriez, » me dit-il. « Nous les sauverons, » lui répondis-je. A l'œuvre donc, sans perdre de temps !

En m'établissant ici le médecin en chef m'avait donné le titre d'infirmier-major. Ce grade me conférait, outre le droit de commander aux infirmiers, celui de requérir de l'autorité supérieure, pour le service et la police de nos salles, tout ce que nécessitaient la tenue de l'hôpital et le bien-être de nos malades (ceci sans garantie absolue de l'obtenir). J'usai de mon autorité pour réclamer un chariot et quelques hommes. Guidée par notre caporal, je me mis en course et fis les emplettes nécessaires. J'achetai deux fourneaux, une batterie de cuisine, et tous les menus ustensiles qui manquaient au service de l'ambulance. Tout cela fut chargé sur le chariot ; les hommes portaient dans des paniers les objets fragiles. Je fis poser l'un des fourneaux dans une des chambres où déjà Élisa exerçait ses fonctions de lingère et de pharmacienne ; la voilà

4.

maintenant devenue chef de cuisine; le caporal a désigné deux soldats convalescents experts, pour l'aider dans cette besogne. J'ai établi l'autre fourneau dans ma salle. Deux heures plus tard, nous étions en possession de tisanes chaudes sucrées et alcoolisées, de cataplasmes bouillants et de bouteilles d'eau chaude qui nous ont permis tout de suite de soulager les malheureux dyssenteriques se tordant de douleur ou grelottant sur leurs paillasses. Nous leur défendîmes surtout de sortir désormais de la salle. A ce propos, le docteur m'avertit que nous éprouverions quelque difficulté à leur faire rendre, par les infirmiers, certains services assez répugnants. « Vous verrez bien, lui avais-je répondu, que nous y parviendrons. » En effet, il a suffi que nous ayons pris l'initiative aujourd'hui, pour que tous les infirmiers se soient empressés de nous seconder de leur mieux.

Nous avons commandé une certaine quantité de viande de bœuf, de pain blanc et de lait pour les malades dont l'état de faiblesse exige des aliments substantiels et légers. Adèle a eu aujourd'hui trois décès dans sa salle. Nous avons plusieurs autres malades en danger de mort immédiate! Ce spectacle est déchirant. A peu d'exceptions près, tous ces malheureux qui gisent là sur des paillasses sont affreusement pâles et amaigris, sans force, sans courage. On n'entend, il est vrai, pas de plaintes bruyantes; mais le silence gardé au milieu de ces douleurs n'impressionne que davantage. Ces longues salles, uniformes et sombres, dont les miasmes empestent l'atmosphère, font l'effet d'un vaste tombeau. Il fait nuit là dedans dès avant quatre heures. Ce soir on a allumé quelques rares veilleuses accrochées aux piliers qui supportent les plafonds; ces pâles lumières rendaient l'aspect des salles plus funèbre encore. Il y fait froid, la bise souffle à travers les grillages en bois qui ferment les salles; à diverses reprises je me suis sentie glacée, puis j'éprouvai une sorte d'angoisse qui ressemblait à la peur. Les infirmiers étaient partis en ce moment, je restais seule au milieu de tous ces malheureux. Ce silence, cette immobilité d'êtres vivants qui souffrent et agonisent, cette quasi-obscurité qui me forçait de marcher, en tâtonnant, au milieu de ces grabats contre lesquels je me heurtais à chaque pas, contribuaient à me donner une sorte d'hallucination; je me croyais le jouet d'un rêve, aux prises avec le cauchemar; décidément j'avais peur. Un de mes malades, qui va mourir, a poussé un gémissement; j'ai eu honte de ma faiblesse et je me suis précipitée vers lui. « Oh! je souffre, ayez pitié de moi! disait-il. » J'essayai de réchauffer ses pauvres mains dans les miennes. « Mon enfant, lui dis-je, prions ensemble, Dieu console et soulage ceux qui l'appellent à leur secours. « Je ne sais pas prier, me dit-il, je souffre! je souffre! » Son pauvre corps, déchiré par une blessure, était en outre épuisé par la maladie. J'essayai de le soulager par des frictions et de le réchauffer au moyen de lotions d'eau bouillante; je lui fis prendre quelques gouttes d'un calmant que le docteur m'avait remis le matin. Je récitai à mi-voix le *Pater* qu'il répéta faiblement. « Ne me quittez pas! murmurait-il avec terreur. » Ses mains serraient convulsivement les miennes; nous priâmes encore un peu, ensuite il s'est calmé; il a perdu connaissance une heure après.

Hélas! nous devrions être au moins dix infirmières pour tous ces malades qui réclament tant de soins et de consolations. Ce soir, réunies dans notre chambrette, nous énumérons toutes les choses que nécessiterait leur traitement, et nous désespérerions de pouvoir le leur procurer si nous n'avions confiance dans la Providence.

19 novembre.

Mon pauvre patient, si souffrant hier soir, vivait encore ce matin; mais sans avoir recouvré connaissance. Il est mort pendant la journée. Bientôt après, on est venu enlever son corps que l'on a déposé dans la chambre des morts; demain on l'enveloppera d'une toile grossière, puis on le jettera avec d'autres cadavres sur un tombereau, surmonté d'un drapeau noir; il sera conduit à l'un des cimetières de la ville, où depuis le mois de septembre, environ six mille soldats français, morts à Metz des suites de blessures ou de maladies, ont été enfouis.

En arrivant à l'arsenal ce matin, nous avons trouvé nos fourneaux en pleine activité. Nos cuisiniers improvisés avaient exécuté ponctuellement nos ordres; à dix heures, tous nos malades recevaient, et avec quel plaisir! de la soupe grasse ou de la panade. Des infusions de thé noir ou de fleurs de tilleul, dans lesquelles nous mêlons du rhum, serviront désormais de boisson à tous les blessés indistinctement. Un second potage et du vin de Bordeaux ont été distribués cette après-midi aux malades les plus débiles. Parmi nos pensionnaires, il y en a quelques-uns qui, outre leur blessure et leur maladie, ont aussi des congélations devenues très-graves par le défaut de soins. Les unes présentent l'aspect de brûlures; la chair est noire, se détache et tombe; d'autres sont profondes et arrondies de telle sorte, qu'au premier coup d'œil on croit voir une blessure produite par une balle. Et dans quel état se trouvent la plupart de ces pauvres corps martyrisés! Déchirés par des éclats d'obus ou couverts de plaies survenues à la suite de leur séjour prolongé dans la plus hideuse malpropreté! Plusieurs de ces soldats nous disent n'avoir pas reçu le moindre soin de propreté depuis plus de deux mois. D'autres semblent en avoir perdu le sentiment, et c'est à grand'peine que nous les décidons à permettre qu'on les nettoie. Il faudra plusieurs jours pour terminer tous ces débarbouillages commencés ce matin. Les chevelures et les barbes d'un grand nombre de ces malheureux, leurs paillasses et leurs vêtements fourmillent de vermine.

Je crois que tous ces gens commencent à s'attacher à nous. Plusieurs d'entre eux demandent avec inquiétude si nous ne les quitterons pas; d'autres nous remercient affectueusement des soins dont ils sont l'objet. « Nous » avons une mère maintenant, me disait tantôt un pauvre » amputé du bras droit auquel je donnais à manger » comme à un enfant; la mienne serait bien contente si » elle savait comme je suis soigné à présent. » « Nous le lui » écrirons un de ces jours, lui répondis-je. » « Oui, me dit- » il, et elle priera pour vous. » La pauvre mère habite la Bretagne, je crains que ma lettre ne lui parvienne qu'après de longs détours.

Nos chirurgiens nous encouragent et nous aident par tous les moyens qui sont en leur pouvoir. Le petit abbé, notre introducteur de l'autre jour, est venu tantôt me prier de lui remettre quelques cents francs pour l'aider à se rendre en Allemagne où il voudrait aller consoler ses compatriotes prisonniers. A l'appui de sa demande, il faisait sonner assez haut le service qu'il nous avait rendu, il y a deux jours, en nous installant dans une ambulance où notre dévouement trouverait, disait-il, une si bonne occasion de mériter le Paradis. Je crois que je puis faire ici un usage plus utile de l'argent qui m'est

confié par des amis. Décidément, cet abbé, quelque peu
évaporé, court beaucoup à travers les salles et ne s'occupe que superficiellement de tous ces moribonds auprès
desquels il semble qu'il n'ait plus rien à faire, lorsqu'il
leur a octroyé rapidement l'absolution de leurs péchés.

Le hasard amène parfois des coïncidences étranges. Il
y a dans ma salle deux soldats couchés l'un à côté de
l'autre, qui ont pour noms Sylvestre et Janvier; dans un
même coin, se trouvent des soldats, appelés Rapp, Sand,
Favre, Bazaine, Rousseau, Hugo, Pidoux, Huet. Ces
deux derniers noms rappellent à mon souvenir d'an-
ciennes et fortes amitiés. Le philosophe Huet est mort
avant d'avoir vu fondre sur sa patrie les malheurs que son
esprit perspicace lui avait fait entrevoir et prédire. Que de
fois nous lui avons entendu dire que le régime du despo-
tisme, amenant celui de la corruption, perdrait la France !
Mais, ajoutait-il, ce régime périra lui-même dans une
aventure.

Depuis la levée du siége, Messieurs les Johannites ont
organisé et dirigé à Metz un bureau de secours qu'ali-
mentent les associations de secours mutuels ; ils viennent
ainsi en aide aux ambulances qui manquent en général
du nécessaire. Je me suis rendue ce matin, à ce bureau,
et j'ai eu la bonne chance d'y rencontrer un des membres
de l'ordre qui s'était souvent trouvé en rapport avec nous
à Sarrebrück. Celui-ci s'est empressé de faire accueil à
mes demandes. Il regrettait, disait-il, que l'administration
des ambulances françaises témoignât de la répugnance
à réclamer, de leur Comité, bien des choses qui font défaut
en ce moment à leurs malheureux blessés. Je comprends
qu'il soit pénible de s'adresser à des adversaires pour en

être secourus ; mais il faudrait que l'intérêt de ceux qui souffrent l'emportât ici sur toute autre considération. .
Quoi qu'il en soit, notre ambulance profitera de ce scrupule qu'elle n'avait pas à partager. Autorisée par le Johannite, j'ai dressé une longue liste des objets qui nous seront le plus utiles. Quelques heures plus tard, nous recevions une grande quantité de gilets, de bas, de caleçons et de pantoufles, du riz, des biscuits, du vin de Bordeaux, un baril de rhum et du tabac.

D'un autre côté, M$^{me}$ Grellois eut plus tard l'obligeance de m'accompagner chez le capitaine Bruchman, directeur du Comité anglais. Nous recevrons, de la générosité de ces Messieurs, des vins de Porto, de Sherry et de Madère, une caisse de thé noir, du Liebig, du lait recueilli en Suisse, de la gelée de viande, des viandes conservées, du chocolat, de la flanelle et des vêtements de drap. Nous voilà richement pourvues pour nos malades, dont nous pourrons relever les constitutions délabrées. Déjà l'application de cataplasmes légers, les frictions et les boissons chaudes ont amené quelque amélioration pour certains malades ; les tisanes alcoolisées, le vin de Bordeaux et les bouillons gras raniment à vue d'œil nos typhiques.

Ma chère Adèle, malgré toute son activité et son dévouement, ne pouvait suffire à la surveillance qu'exigent les soins réclamés par un aussi grand nombre de malades, et elle s'en désolait. J'ai réussi à lui adjoindre une femme expérimentée qui, placée sous ses ordres, l'aidera pour la distribution des remèdes et des aliments. Chaque fois que j'entre chez elle, je suis saisie d'une sorte de vertige : cette salle est si longue, si peuplée et plus obscure encore que la mienne ! Adèle m'édifie, plus que je ne saurais dire, par son courage et son abnégation. Rosalie se tire à merveille de sa besogne ; elle a eu la bonne

chance de trouver, parmi ses convalescents, quelques soldats experts qui rendent de bons services.

C'est à peine si mes compagnes et moi nous nous rencontrons pendant la journée ; nous nous retrouvons à
l'hôtel vers sept heures, nous dînons à la hâte dans la
salle commune, où se réunissent chaque jour aussi, un
assez grand nombre d'officiers allemands, qui parlent haut
et fument beaucoup. Notre repas terminé le plus promptement possible, nous remontons dans notre chambre ;
autour de notre feu, nous nous communiquons chaque
soir nos impressions et les incidents de la journée. Cette
causerie est une douce récréation à la suite de nos fatigues ; elle nous suffit. Nous consacrons ensuite le peu
de temps qui nous reste, à la rédaction de notre journal
ou de nos lettres ; nous nous couchons de bonne heure
pour être de grand matin à l'ambulance et le sommeil ne
se fait pas attendre.

Une lettre de Bruxelles reçue ce soir même me fait
espérer que mon amie de Berne, en ce moment à Carlsruhe, pourra venir me retrouver ici. Elle le désire, puisse
ce projet se réaliser !

20 novembre.

Il y avait ce matin à la messe de sept heures à laquelle
nous assistions, à la Cathédrale, une centaine de soldats
allemands qui y communiaient avec le plus grand
recueillement ; en revanche nous n'y avons pas aperçu un
seul soldat de la garnison française encore assez nom-
breuse en ce moment à Metz. Pendant la matinée, notre
aumônier a fait dresser un petit autel au milieu de la

salle d'Adèle, il y a dit la messe ; deux soldats ont fait l'office d'enfants de chœur. L'abbé a tenu à faire chanter des cantiques par ceux des soldats convalescents qui se rappelaient encore ces chants de leur enfance. Ils s'en sont acquittés trop bruyamment au grand déplaisir des malades. L'abbé, que ses dispositions un peu turbulentes semblent appeler à toute autre mission qu'à celle d'aumônier d'hôpital, nous quitte demain ; son humeur voyageuse l'entraîne vers l'Allemagne dont il ne parviendra peut-être pas à franchir la frontière, l'administration prussienne ayant renvoyé déjà, en France, plusieurs aumôniers de l'armée française.

A peine avions-nous quitté l'ambulance hier soir, qu'un fourgon de vivres, chargé à pleins bords, envoyé par les Anglais, y est arrivé. Quelle abondance et quel choix dans les secours qu'ils destinent aux victimes de la guerre ! Grâce à eux, nos fourneaux ne chômeront plus un seul instant. Nous avons pour des malades atteints de pulmonie ou d'angines des potages au lait ; pour certains grands blessés dont la constitution est délabrée, des ragoûts de viande de mouton ; pour les malades, de la gelée de viande parfaitement conservée et de l'essence de Liebig. Nous faisons aussi des potages et de la bouillie pour certains blessés auxquels des balles ou des éclats d'obus ont fracassé la mâchoire. Au nombre de ces derniers se trouve dans ma salle un soldat qui excite particulièrement la compasion. Ce malheureux, blessé dans une sortie, pour ne pas tomber aux mains de l'ennemi, se vit obligé, lorsque sonna la retraite, de faire à pied un long trajet, soutenant dans ses mains son menton et ses joues détachés du reste de la figure ; la langue pendait hors de sa bouche. Ce blessé, qui ne se nourrissait que de pain qu'il devait émietter pour pouvoir l'avaler, se consumait de faiblesse ; il reprend un peu de forces, grâce au bouillon et au vin que nous lui donnons depuis quelques jours.

Nous avons eu la joie de distribuer à nos pensionnaires environ trois cents paires de bas de laine, et autant de caleçons envoyés par les Johannites. Du sein de l'ambulance un chœur de bénédictions s'élève en l'honneur de ces généreux bienfaiteurs.

Une bonne surprise nous attendait ce soir à notre rentrée à l'hôtel. L'excellent docteur Berg de Sarrebrück avait appris notre arrivée à Metz ; profitant d'un jour de liberté, il s'était empressé de venir nous y faire une visite. Ce fut pour nous l'occasion d'une joie réelle ; avec quel intérêt nous reçûmes par lui des nouvelles et des messages de ceux de nos anciens blessés que la persistance de leurs souffrances retenait toujours à Sarrebrück ! Le docteur nous dit que, peu de jours après notre départ de cette ville, les baraques avaient été évacuées à cause du froid et de l'humidité qui les rendaient inhabitables.

21 novembre.

Il y a parmi les blessés de ma salle un jeune homme de 21 ans qui va mourir ; une balle lui a traversé la poitrine, un éclat d'obus lui a fracassé le bras, la fièvre typhoïde l'achève. Je l'ai engagé à réclamer les secours de la religion ; il s'y est décidé sans peine et j'ai fait prévenir aussitôt le prêtre qui remplacera l'abbé........ Quel fut mon étonnement d'apprendre par notre nouvel aumônier que les irrévérences et les railleries auxquelles le Saint Viatique avait été à maintes reprises exposé, avaient fait prendre aux ecclésiastiques de Metz la résolution de ne plus l'apporter aux malades dans certaines ambulances !

Je représentai à l'aumônier que cette mesure avait lieu de nous surprendre, d'autant plus que nous nous trouvions dans un pays catholique. Je lui dis, au reste, de quel recueillement et de quel respect les cérémonies des cultes catholique et protestant avaient toujours été entourées, au chevet des mourants de notre ambulance de Sarrebrück, et lui manifestai tout mon regret de voir adopter ici une disposition si contraire à l'accomplissement des devoirs prescrits par l'Église aux catholiques en danger de mort. Les sacrements ne doivent être ni imposés à ceux qui les refusent, ni refusés à ceux qui les réclament, les deux cas portant également atteinte à la liberté de conscience. Je le dis à l'aumônier et lui promis de veiller au maintien des convenances, s'il voulait bien faire une nouvelle expérience. Un peu craintif par sa nature, il hésita d'abord ; mais il céda bientôt, d'autant plus facilement qu'il ne demandait pas mieux. Il fut convenu qu'il enverrait les objets nécessaires à la cérémonie qui aurait lieu à deux heures. Quelques instants avant l'arrivée du prêtre, je fis, au milieu de la salle, le signal qui précède la prière que nous disons à haute voix matin et soir, et adressai à tous les soldats une petite allocution : « Mes » enfants, leur ai-je dit, un de vos camarades souffre » beaucoup ; il désire trouver dans les secours de la reli- » gion, que M. l'aumônier lui apportera tantôt, la conso- » lation que Dieu promet à ceux qui l'invoquent d'un » cœur pur ou repentant. Je ne vous recommande pas de » garder le silence et l'ordre pendant cette cérémonie, ce

» serait vous faire injure ; mais je vous prie de me répon-
» dre, par un *oui* ou par un *non*, s'il vous déplairait que
» nous fissions tous ensemble une petite prière afin d'ob-
» tenir, du Ciel, un soulagement pour celui qui est notre
» frère. » Un bon *oui* est sorti de toutes les bouches, et
j'ose dire de tous les cœurs. Le prêtre est venu, la prière
a été faite et la cérémonie s'est passée au milieu d'un
silence respectueux. Ici, pas plus qu'à Sarrebrück, je ne
constate chez les soldats français l'irréligion, ni d'a-
version pour le prêtre, mais une indifférence générale et,
chez tous indistinctement (j'en excepte toutefois deux ou
trois Bretons) une absence complète d'habitudes pieuses.
Tandis que presque tous nos soldats allemands, malades
ou blessés, portaient sur eux de petits livres de piété, ou
tout au moins quelque brochure ou quelques feuillets
détachés de la Bible, je n'ai pas aperçu encore, chez nos
Français, le moindre livre de prières. En revanche, la plupart portent sur eux des scapulaires ou des médailles de la
Sainte-Vierge qui leur ont été donnés quelquefois par des
parentes, le plus souvent par les aumôniers des régiments.
Ils tiennent à ces objets auxquels ils sont tentés d'attribuer une vertu qu'ils ne parviennent pas à bien définir.
Un de nos pensionnaires avait perdu hier sa petite médaille et il la regrettait beaucoup : un prêtre la lui avait
remise en lui disant qu'elle l'aiderait à entrer au Paradis.
J'affirme que, d'après ce qu'il me dit lui-même, il laissait à la petite médaille là besogne tout entière. Un
grand nombre de ces soldats ne savent ni lire ni écrire,
et jusqu'à présent, à notre grand regret, le temps nous
fait défaut pour leur rendre de petits services épisto-
laires.

23 novembre.

Depuis deux jours plusieurs circonstances m'avaient empêchée d'écrire. Ce soir, ma plume reprend sa course sur le papier.

Je fus avertie hier matin par un soldat qu'un Monsieur à cheveux blancs et une jolie demoiselle me demandaient à la lingerie. Je m'y rendis. Élisa me nomma aux visiteurs. Le Monsieur parut très-ému en me voyant et dit aussitôt à sa fille : « Mon enfant, fais donc vite le message de ta mère! » La gentille jeune fille se jeta à mon cou et m'embrassa le plus tendrement du monde, tandis que son père me disait des choses très-affectueuses. C'était M$^r$ et M$^{lle}$ Fécheroulle, le père et la sœur de mon enfant gâté de Sarrebrück, arrivés de Pont-à-Mousson tout exprès pour nous voir et nous remercier des soins donnés au jeune sous-lieutenant. Celui-ci, prisonnier de guerre à Mayence, avait appris, par un journal belge, que nous nous trouvions en ce moment à Metz et en avait averti son respectable père. Notre besogne d'infirmières ne nous laissant aucun loisir pendant la journée, j'avais prié M. et M$^{lle}$ Fécheroulle de vouloir bien nous consacrer leur soirée. Ils nous ont retrouvées le soir à l'hôtel. Avec quel intérêt ils écoutaient les détails que leur donnaient, sur le séjour du sous-lieutenant parmi nous, Adèle et Rosalie qui l'avaient soigné! Cette bonne visite nous a fort touchées.

Thionville est aux mains des Prussiens; le bombarde-

ment de la ville a duré cinquante-six heures. Nous en-
tendions ici le canon qui impressionnait bien tristement
les habitants de Metz ; toutefois nous avons rencontré des
soldats auxquels leur robuste confiance dans le succès
définitif de la guerre faisait présager là un échec pour
les Prussiens. « Entendez-vous, me disait ce matin le ca-
» poral préposé à la porte d'entrée de l'arsenal, comme
» nos camarades tapent sur ces maudits Prussiens? »
« Pouvez-vous distinguer le son de vos canons de celui
» de vos ennemis? lui dis-je. » « Les nôtres, me ré-
» pondit-il avec une emphase comique, font toujours plus
» de bruit et de mal que les leurs. » Je me gardai bien
de lui enlever ses espérances et ses illusions. Ce soir un
officier est arrivé, annonçant la reddition de Thionville.


Tout va bien dans notre ambulance ; il y a un mouvement très-marqué vers l'amélioration chez tous les
malades, et nos chirurgiens n'hésitent pas à l'attribuer
au régime inauguré depuis notre arrivée. Nous avons
des malades qui reviennent à la santé à vue d'œil, grâce
à la bonne nourriture qu'ils reçoivent. Un nouveau don
est venu augmenter nos ressources. Le Comité du pain
qui fonctionne à Bruxelles nous a envoyé plusieurs sacs
de farine qui nous fournissent un excellent pain. Nous
avons fait en outre un achat assez considérable de
pommes de terre, afin d'en servir chaque jour aux
soldats convalescents ou blessés. C'était fête hier à l'ambulance. Des pommes de terre ! Il y avait si longtemps
que ces soldats n'en avaient mangé ! Décidément notre
hôpital n'a plus à craindre la visite importune de la faim ;
depuis que notre cuisine fournit largement aux besoins
des malades, des portions de pain et de viande bouillie

sont distribuées en suppléments aux blessés pour lesquels la nourriture réglementaire était insuffisante.

Ces pauvres soldats français ! A quel degré de misère beaucoup d'entre eux sont descendus ! Nous en rencontrons soir et matin, déguenillés, mendiant dans les rues ; malheureusement l'aumône qu'ils reçoivent est souvent consacrée aux boissons spiritueuses, dans lesquelles ils cherchent l'oubli de leurs malheurs. Leur raison y résiste mal à cause de l'état de faiblesse où les a réduits un jeûne prolongé, et ils s'en vont chancelant par la ville ; c'est un spectacle triste. Il faut certes que les souffrances et les privations qu'ils ont endurées pendant le siége nous disposent à l'indulgence à l'égard d'un assez grand nombre de nos pensionnaires ; mais il nous sera permis d'avouer que notre patience est mise parfois à une rude épreuve. C'est ainsi qu'après avoir fait d'amples distributions de vêtements de toutes sortes, nous nous sommes retrouvées, quelques jours après, devant de si pressantes réclamations de bas, de gilets et de caleçons, que la pensée nous est venue de faire une enquête au sujet de la disparition de ces objets. Or, ils avaient été vendus à vil prix, par les convalescents qui sortent ou par les infirmiers, et les malades avaient reçu en échange des fruits verts ou du mauvais cognac. Un des malades de ma salle s'était procuré ainsi une forte ration d'eau-de-vie qu'il a bue pendant la nuit dernière ; il est mort dans son ivresse. Ce matin je l'ai trouvé expirant et tenant entre ses bras la bouteille vide.

Le respect du bien d'autrui n'est pas toujours non plus observé. Nous recevons assez fréquemment des plaintes de soldats qui accusent leurs voisins de grabat, de leur avoir dérobé pendant leur sommeil, soit le peu de monnaie qui leur restait, soit les menus objets qu'ils s'étaient procurés.

Un des malades, auquel j'avais donné des soins tout particuliers, a enlevé ces jours-ci à son voisin l'argent provenant de la vente de sa montre. Il a été forcé de m'avouer son larcin; franchement, je crois qu'il n'avait pas conscience d'avoir commis une aussi mauvaise action. Lorsque je lui eus dit que si le fait était porté à la connaissance de l'autorité, il serait envoyé au bagne, il me regarda d'un air si effrayé qu'il me fit vraiment pitié. « Mais alors ma mère mourra de chagrin! me dit-il, avec terreur. » L'autre soldat remis en possession d'une partie de l'argent qui restait encore entre les mains de son camarade, m'a priée de n'en rien dire au sergent. J'ai raconté la chose à l'aumônier qui, moins enthousiaste que moi de la générosité du second soldat, me dit : « Et lui, de qui tenait-il la montre? » Il me fit à ce sujet plusieurs récits affligeants qui témoignent de la démoralisation introduite dans l'armée française.

Je ne rencontre guère de soldats ici qui n'accusent point l'intendance de malversations et leurs chefs de trahison. L'opinion généralement répandue dans la population de Metz, au sujet de la capitulation, concorde avec celle des soldats. Plusieurs officiers nous ont raconté avec colère des épisodes du siége qui ne leur laissaient pas de doute à cet égard. L'un d'eux nous disait qu'une des dernières sorties ou plutôt une reconnaissance, effectuée par onze cents hommes, n'avait été qu'une concession faite à l'impatience de la garnison, manœuvre, selon lui, mal combinée, et dont les officiers de l'état-major avaient démontré l'inefficacité. Tous les hommes sans exception avaient trouvé la mort dans cette sortie.

Les soldats de l'ambulance racontent aussi, avec animation, que dans plus d'une circonstance où le succès avait si bien secondé leurs efforts, qu'il ne leur restait

plus que peu de distance à franchir, pour percer les
lignes ennemies, le clairon avait sonné et donné le signal
de la retraite ; il fallait alors qu'ils revinssent sur leurs
pas et rentrassent dans les forts. Et si, pour justifier l'acte
de la capitulation, l'on invoque le manque de vivres, des
habitants de la ville objectent que tels greniers recélaient
encore une certaine quantité de grains et de légumes secs
qui eussent tout au moins permis d'ajourner cette catastrophe.

Des religieuses nous assuraient ces jours-ci, qu'alors
que les soldats français malades ou blessés, mangeaient
du pain, fait avec de la paille et du son, elles avaient vu
distribuer, dans la cour d'une caserne qu'elles citaient,
de l'orge aux chevaux.

26 novembre.

Les mauvaises conditions dans lesquelles se trouvent à
Metz certaines ambulances engagent l'administration à
les évacuer, aussitôt que les circonstances le permettent.
On transporte les blessés dans d'autres locaux à mesure
que des places y deviennent vacantes. La mort avait fait
un vide avant-hier dans ma salle ; le soldat mort a été
immédiatement remplacé par un moribond, venu de la
caserne de la Chambière. Ce malheureux est l'image
vivante d'un martyr. Une horrible blessure lui a brisé
la jambe, de graves congélations, survenues pendant qu'il
était couché sur le sol de l'Esplanade, ont détaché les
chairs d'une partie de son corps, elles tombent en lambeaux ; sa figure, sa tête, ses mains n'ont pas été nettoyées
depuis deux mois et son décharnement est tel qu'on lui

donnerait soixante ans, alors qu'il en compte à peine
vingt-cinq. C'est un Breton. « Il est de la race des Saints, »
disait ce matin, notre bon aumônier que rien n'arrête
plus, dans l'exercice de ses pieuses fonctions. En vérité,
la piété et la résignation de ce blessé sont édifiantes. Il
souffre d'atroces douleurs ; mais avec une sérénité d'âme
des plus touchantes. Nous l'appelons Saint-Jérôme à cause
de son extrême maigreur. Parfois la faiblesse provoque
chez lui des espèces d'hallucinations qui ont toujours un
caractère religieux. Ce soir, il croyait voir s'entr'ouvrir le
Ciel et il en faisait des descriptions à sa manière. Il voyait
le bon Dieu, tout rayonnant de lumière, entouré d'anges
qui chantaient. C'était, disait-il, si beau à voir, si doux à
entendre ! Il voyait aussi la Vierge habillée comme avec
des nuages bleus ; mais elle pleurait parce que tant de
femmes pleurent en ce moment en France. Le chirurgien
et moi avons essayé de panser ses plaies ; il a fallu y
renoncer, le moindre contact lui faisait tant de mal qu'il
perdait connaissance. Je dois me contenter de lui rafraî-
chir le visage et les mains, j'essaie de le ranimer par le vin
et le bouillon. « Bonne Madame ! bonne Madame ! restez
auprès de moi, » répète-t-il sans cesse, lorsqu'il souffre
trop... Ce pauvre enfant m'a priée d'écrire à sa mère qui
habite aux environs de Nantes ; il lui donne rendez-vous
au Paradis. Il voudrait m'y emmener avec lui, dit-il, tant
il m'est reconnaissant des soins qu'il reçoit ici.....

De mon côté, je suis bien reconnaissante envers les
infirmiers volontaires, recrutés parmi les convalescents,
qui m'aident si bien pour le service des malades. Le
brave Pommier est tambour d'un régiment de ligne ;
guéri de la fièvre typhoïde, il s'est hâté de se mettre à ma
disposition pour le service de la salle ; grand et robuste,
il soulève sans efforts nos blessés, pour lesquels il montre

autant de bonté que de patience. Fabre, surnommé le
Parisien, est un garçon limonadier d'un café de Paris
que la guerre a rappelé sous les drapeaux; à peu près
remis des suites d'une blessure à la jambe, il a réclamé
l'honneur d'être chef de cuisine dans ma salle. Avec quel
entrain, il s'acquitte de ses fonctions! De quel air de
Vatel triomphant, il m'apporte pour mes malades tel ou
tel autre aliment en me disant : Voici le chocolat demandé par Madame! Voilà le potage à point! Le Parisien jouit à l'ambulance d'une considération bien méritée.
Le soldat Chapelle est un pauvre souffreteux, tout chétif
et tout pâle qui m'a dit : « Je voudrais bien faire aussi
quelque chose pour vous. » Je l'ai nommé chef du groupe
des convalescents qui épluchent les pommes de terre. J'ai
des lecteurs chargés de faire des lectures aux blessés
alités et des écrivains qui font les correspondances que
j'envoie ensuite à Bruxelles d'où on les expédie en France.
Lorsqu'il m'arrive, trop rarement à mon gré, de disposer
vers le soir d'une demi-heure, je groupe autour de ma
table mes convalescents et je leur fais des récits : c'est
l'histoire de France qui m'en fournit le plus souvent les
sujets. Je m'efforce de relever le moral de tous ces grands
enfants-là, en leur rappelant que leur patrie a éprouvé
jadis d'autres revers encore que ceux auxquels ils assistent; je leur dis que la victoire peut leur revenir, comme
elle est revenue à leurs armes en maintes occasions; mais
je cherche surtout à les convaincre qu'il est pour les nations d'autres gloires plus enviables que celles des triom-
phes militaires, et qu'il est du devoir et du pouvoir de
chaque individu, de contribuer à la prospérité de son
pays, par son honnêteté et son travail.

M<sup>me</sup> Grellois, qui ne néglige aucune occasion de se
montrer bonne à notre égard, est venue nous dire ce soir

que notre ambulance avait été signalée au rapport du matin d'une manière toute particulière. La mortalité y a diminué sensiblement et les bulletins de nos chirurgiens accusent, pour nos pensionnaires, une grande amélioration due, disent-ils, aux soins de leurs infirmières. Pour être bien justes, ces Messieurs auraient dû aussi mentionner nos fourneaux, car ils opèrent ici de véritables résurrections.

27 novembre.

J'ai appris tantôt, à mon grand regret, que lady Pigot se voit obligée d'abandonner son poste. Une légère piqûre, qu'elle s'était faite au doigt, s'est envenimée par les pansements dont elle s'acquitte d'ailleurs avec la dextérité d'un praticien. Les chirurgiens lui ont conseillé de quitter Metz le plus tôt possible. L'air y est corrompu par l'agglomération des malades et des blessés, par les miasmes qu'exhalent les champs des environs de la ville, convertis en vastes cimetières, et peut-être aussi par le ralentissement survenu dans l'écoulement des eaux ménagères : quelques travaux nécessités par la défense de la place, ont amené, dit-on, l'obstruction des égouts. Les blessures ne se guérissent que fort lentement et incomplétement. Nous avons plusieurs blessés condamnés à mourir, à qui l'on épargne des amputations qui ne les sauveraient pas. Ils ne supporteraient pas le voyage, m'objecte le chirurgien que je priais de solliciter leur transfert dans une ville voisine, et ils n'en mourraient pas moins. La variole fait aussi des progrès chez nous depuis quelques jours ; l'ordre a été donné de transporter tous ceux qui

en sont atteints à un hôpital spécial. Cette affreuse et
douloureuse affection, la seule qui m'inspirait de la répugnance, me trouve aujourd'hui tout à fait brave devant
elle. J'avoue que cette petite victoire sur moi-même me
fait quelque plaisir.

28 novembre.

Il y avait jadis chez ma mère une grande pendule,
ornée d'un bronze qui représentait Androclès arrachant
une épine de la patte du lion historique, et sur un petit
écusson, se trouvait gravée la devise : *Un bienfait n'est
jamais perdu*. Je songe ce soir à cette pendule, à propos
de cette même devise que me répétait tantôt le docteur
Jacquin, de Metz, visitant notre ambulance. Apprenant
que nous étions Belges, il parut fort touché de l'intérêt
que nous portons à ses compatriotes. Il me dit à ce sujet
que, dans cette terrible épreuve infligée à la France, il
était consolant pour elle de voir que la Belgique, par
l'abondance des secours de toute sorte envoyés aux blessés
français, prouvait sa reconnaissance pour les services que
lui avait rendus l'armée française en 1832. Le docteur
Jacquin s'était trouvé au siége d'Anvers et s'en rappelait
les moindres épisodes. Son bon cœur lui faisait établir
ce soir une assimilation entre les soldats français sacri-
fiant jadis leur vie pour l'indépendance belge et les
femmes de la Belgique accourues ici, pour soigner les
soldats français décimés par les épidémies. Cet excellent
homme me dit tout cela d'un ton si ému, que je regrettais
sincèrement de n'avoir pas acquis plus de titres à tant de
reconnaissance.

L'administration prussienne procède en ce moment à de nombreux transports de soldats prisonniers. Les convalescents sont envoyés en Allemagne et les invalides rendus à leurs familles. Beaucoup de blessés, encore en traitement, sont transportés dans les hôpitaux de Pont-à-Mousson, de Nancy et de Lunéville. Cent cinquante de nos pensionnaires ont quitté l'ambulance ce matin pour ces diverses destinations. Ils ont été immédiatement remplacés par des malades enlevés au grenier aux blés que la température, devenue si froide, rend tout à fait inhabitable. Il se fait aussi un grand mouvement de troupes allemandes vers l'intérieur de la France. Presque chaque jour amène ici de nouveaux régiments qu'accompagnent de longs convois de vivres et de munitions, se dirigeant sur Paris. Des troupes s'exercent sans cesse sur la place Royale. Aujourd'hui le bruit d'une victoire de l'armée française à Orléans a couru ici. La nouvelle de ce succès a amené un peu de gaieté parmi nos pensionnaires.

Depuis quelques jours, le pain réglementaire distribué à l'ambulance était de si mauvaise qualité et les rations de viande bouillie si restreintes que, cédant à un moment de légitime irritation, je n'hésitai pas à prier deux officiers supérieurs prussiens qui visitaient aujourd'hui le dépôt d'armes de l'arsenal, de vouloir bien entrer dans ma salle. Je leur montrai la nourriture qu'on venait d'apporter à nos pensionnaires et leur exprimai, à ce sujet, mon regret de voir traiter aussi mal ici des blessés prisonniers, alors que les autres blessés français, emmenés ou retenus en Allemagne ne manquent de rien, dit-on, dans les hôpitaux. Ces officiers me dirent que j'aurais eu en effet le droit de me plaindre de l'administration prussienne, si elle se fut montrée aussi parcimonieuse; mais ils m'alléguèrent, pour sa justification, que l'intendance française,

qui recevait du gouvernement prussien l'argent nécessaire à l'entretien de la garnison prisonnière, était seule
responsable de la répartition des ressources qui lui étaient
remises à cette fin.

M^me Behrends m'écrit, qu'instruite de mon installation
à Metz, elle veut m'y rejoindre.

« Ma fille et mes amis me retiennent, dit-elle, sous le prétexte
qu'*il n'y a plus rien à faire*. — Cette phrase qu'on ne cesse de
me répéter depuis le début de la guerre, me fait craindre qu'il
y ait là-bas, au contraire, de grandes misères à soulager.
Attendez-vous à me voir venir vous rejoindre l'un de ces jours. »

30 novembre.

J'étais très-fatiguée hier au soir, il m'a été impossible
d'écrire une seule ligne. L'arrivée de tous ces nouveaux
pensionnaires nous donne un surcroît de besogne qui
nous retient fort tard à l'ambulance. Aujourd'hui Élisa s'est
trouvée indisposée; je m'inquiète pour elle. Les maladies
épidémiques continuent leurs ravages et attaquent surtout
en ce moment les jeunes personnes et les enfants. Je suis
entrée tantôt chez notre boulanger; sa femme était tout
en pleurs. Elle me fit voir leurs quatre enfants atteints de
la fièvre typhoïde, ils sont menacés d'en perdre au moins
deux; ces gens ont en outre la charge de loger huit soldats prussiens. On me dit qu'il se trouve à Metz un grand
nombre de familles dans ce même cas d'encombrement
de malades et de soldats. La population de cette ville
est cruellement éprouvée par les maux de la guerre;
aussi le découragement se lit sur toutes les physionomies.

Les Messins sont généralement hostiles aux Prussiens, et l'annexion de leur province à la Prusse les rend furieux ou les désespère. Les marchands, auxquels il nous arrive de nous adresser pour nos petits achats, montrent en général une grande indifférence pour leurs intérêts matériels et semblent ne se préoccuper que des malheurs de leur pays. Nous en avons rencontré plusieurs qui sont tout décidés à quitter Metz, au cas où cette ville cesserait d'être française. Les femmes surtout se montrent patriotes désolées. Elles portent des vêtements de deuil et ne sortent que le soir. Il est vrai qu'il y a ici peu de familles qui n'aient pas en ce moment quelque sujet particulier d'affliction. La guerre et les maladies y ont fait tant de victimes depuis quelque temps! J'ai trouvé ces jours-ci dans sa boutique une pauvre veuve que le chagrin réduisait au désespoir; ses deux fils étaient tombés sur le champ de bataille, le siége avait ruiné son petit commerce et épuisé ses ressources; il lui restait une petite fille et sa vieille mère. Jamais je n'oublierai l'accent avec lequel elle me dit, en me remettant l'objet que je lui achetais : « Hier soir nous avons délibéré, ma mère et moi, sur le genre de mort que nous nous donnerions. » « Malheureuse femme! lui dis-je, et votre enfant, que deviendra-t-elle? » « Oh! nous l'emmènerons avec nous, me répondit-elle en souriant. »

L'administration prussienne se montre très-sévère pour ceux de ses soldats qui commettent le moindre délit à l'égard des habitants de Metz ou de leurs propriétés. Aussi, ne se plaignent-ils pas pour eux-mêmes de la manière d'agir des vainqueurs. Mais cela ne les empêche point de parler avec indignation des pillages, des déprédations, des vols commis par les Allemands, ailleurs, là-bas, plus loin, ils ne savent pas bien où; mais la chose ne leur paraît pas moins très-certaine. Un de ces récits me fut fait ces jours derniers par un marchand d'antiquités. Tout en l'écoutant, je remarquai dans son magasin deux charmants petits vases en émail dont le couvercle figurait une couronne impériale. « Vous devriez m'acheter cela, me dit-il en me faisant valoir la forme élégante de ces objets. Ces vases m'ont été vendus pendant le siége par le Major *** qui les avait rapportés de la Chine. Ils se trouvaient au Palais d'été qui a été incendié. » « Ah! mais, Monsieur, qui donc avait pillé et incendié ce palais, lui dis-je, en feignant l'ignorante? » Le pauvre marchand dut avouer que ses compatriotes, vainqueurs en Chine, y avaient fait précisément ce qu'il reprochait aux Prussiens triomphants de faire en France en ce moment.

1er Décembre.

Notre pauvre Saint-Jérôme est mort ce soir; il s'est éteint tout doucement; ses souffrances s'étaient calmées; depuis avant-hier, la gangrène avait envahi tout son corps. Il ne parlait plus; mais il priait et souriait encore; à plusieurs reprises aujourd'hui il m'a serré la main. Oh oui! l'aumônier disait vrai lorsqu'il l'appelait saint; car on se sentait comme saisi d'une sorte de vénération en s'approchant de cette victime si maltraitée et si résignée. Le chirurgien, les infirmiers et ses voisins de lit éprouvaient cette même impression. J'écris ce soir à sa pauvre mère que le Paradis compte un ange de plus. C'est peut-être au moment où elle s'abandonne le plus à l'espérance de le revoir bientôt que la pauvre mère recevra l'affreuse nouvelle de la mort de son enfant.

5.

2 décembre.

Le Comité anglais nous a envoyé une nouvelle provision de vins fins, de lait, de viandes conservées et de vêtements. Je crois pouvoir évaluer la valeur des objets de toute sorte que nous devons déjà à sa générosité au moins à huit mille francs. Les Johannites, de leur côté, ne nous marchandent pas les secours. L'abondance de nos ressources nous permet de faire maintenant de larges distributions.

Élisa est beaucoup mieux ce soir, le médecin qui la traite nous rassure ; il ne voit rien d'alarmant dans son indisposition, qu'il n'hésite pas à attribuer à la fatigue. Son absence se fait vivement sentir à l'ambulance. Personne, mieux qu'elle, ne s'entend à la direction de la cuisine des malades qui a pris de grandes proportions.

3 décembre.

Le temps est affreux et le froid excessif. Nos malheureux blessés grelottaient sur leur paillasse ; il a fallu que nous fissions suspendre des couvertures sur les grillages à l'entrée de nos salles ; malheureusement cette disposition nuit à la circulation de l'air dans ces locaux encombrés de malades, où la pourriture d'hôpital a fait invasion. Nos chirurgiens font transporter les blessés qui s'en trouvent atteints dans un local particulier de la caserne. Déjà nous avons perdu plusieurs hommes des suites de ce mal.

4 décembre.

La convention de Genève garantissant la liberté des officiers de santé attachés aux garnisons ou aux régiments faits prisonniers, les médecins militaires français quittent successivement Metz et vont rejoindre en France les corps d'armée du Nord ou de l'Est. J'éprouve aujourd'hui un réel chagrin du départ de M. Desbausseaux, le chirurgien-major de ma salle ; sa bonté, sa patience et son dévouement intelligent le faisaient aimer de tous les soldats. Il parvenait si bien à ranimer le courage de ceux qui souffraient ; il portait aussi un égal intérêt à tous ces infortunés qu'il appelait par leur nom sans se tromper jamais. Le docteur m'ayant fait remarquer que les soldats sont généralement flattés d'être interpellés ainsi, je m'efforçais de retenir les noms de tous mes pensionnaires ; mais, à mon grand dépit, ma mémoire ne me servait pas toujours aussi bien que la sienne. M. Desbausseaux ne me refusait jamais ni conseils, ni encouragements, et sa confiance dans mes pauvres petites connaissances médicales, acquises par la seule expérience, me donnait une résolution qui, dans plusieurs circonstances, tournait au profit de mes malades.

Beaucoup de soldats convalescents, menacés d'être prochainement emmenés en Allemagne, se procurent des vêtements bourgeois et s'évadent ; il peut leur en coûter la vie s'ils retombent aux mains des Prussiens. Voilà que Pommier, le phénix des infirmiers, et deux autres infirmiers volontaires, ont été pris aussi de la tentation de fuir ; toutefois ils ne voulaient quitter l'ambulance que si je leur en donnais l'autorisation ; la reconnaissance leur faisait un devoir, disaient-ils, de ne point me priver de leurs services, si je les jugeais trop nécessaires. J'ai refusé à ces braves gens tout conseil à cet égard. Pommier a hésité quelque temps ; puis il m'a apporté son livret de soldat qu'il m'a prié de garder. Ils partiront cette nuit, déguisés, dit-on, en charretiers (1).

7 décembre.

Environ deux cents de nos soldats, reconnus invalides par les chirurgiens prussiens, avaient reçu l'ordre de se rendre ce matin à la gare pour être convoyés dans leurs départements respectifs. La neige qui recouvre les rues rend la marche pénible pour ceux qui se servent de béquilles. Plusieurs de nos soldats amputés ne s'étaient guère essayés encore à marcher de cette façon ; au moment de leur départ, ils nous ont fait si grande pitié, qu'Élisa et moi, avons cru devoir les accompagner jusqu'à la station du chemin de fer. Arrivés là, nous avons appris, à notre grand regret, que le départ était ajourné à cause de l'encombrement produit sur cette ligne par le passage de troupes qui se rendent en France. Il a fallu ramener ce triste cortège d'estropiés ; ils étaient transis et harassés de fatigue en rentrant à l'arsenal.

(1) Au mois d'avril dernier, je reçus une lettre de Pommier qui se trouvait en congé à Marseille. Après avoir quitté Metz, il avait rejoint l'armée du Nord et assisté à plusieurs batailles. Tombé aux mains des Prussiens, il avait été emmené prisonnier en Allemagne ; il s'était évadé de nouveau et s'était battu le 19 janvier à Saint-Quentin.

M<sup>me</sup> Behrends ne viendra décidément pas me rejoindre : moi, qui l'attendais chaque jour, si impatiemment, il faut que je me résigne à ne pas la voir parmi nous ! Un officier allemand qui arrive de Lagny m'a fait remettre la lettre que voici, et que je traduis littéralement :

Décembre 1870.

Je vous écris à tout hasard de Lagny, station de Thorigny, c'est la plus voisine de Paris. Il est impossible en ce moment de se rapprocher davantage des fortifications, à cause des obus du Mont-Avron. Ma fille vous aura écrit, je suppose, pour vous dire qu'il m'a été impossible de vous rejoindre à Metz comme je me le proposais ; ma chère enfant n'a pas pu vous expliquer comment j'en ai été empêchée. Arrivée à Nancy, les chevaliers de Saint-Jean m'ont déclaré qu'il m'eût fallu, pour me rendre à Metz, une autorisation spéciale, qu'au reste, il n'y avait plus rien à faire là pour les infirmières volontaires, qu'il ne s'y trouvait déjà que trop d'auxiliaires. Cette éternelle phrase " plus rien à faire „ m'agaçait et me portait à croire que la besogne, au contraire, n'y manquait pas ; aussi, loin de renoncer à mon projet, je me rendis chez le comte Bonn, gouverneur de la Lorraine. Celui-ci m'apprend que le baron de Gall a passé à Nancy la veille, se rendant à Versailles et qu'il faut que j'aille le rejoindre le plus tôt possible. Je me vois donc dirigée sur Paris par réquisition spéciale du général.

J'arrivai à Lagny le 5 décembre. Une sortie de Paris, opérée la veille, avait fait un grand nombre de victimes. Les rues étaient encombrées de blessés. Les chirurgiens et leurs aides faisant défaut, le délégué de la station de secours m'engagea à panser sans retard les blessures de ces malheureux et me confia la surveillance d'une ambulance d'évacuation établie dans le voisinage du dépôt.

Vous, mon amie, qui êtes dans les ambulances fixes, vous ne vous rendez pas compte peut-être de ce qu'est une ambulance d'évacuation ? C'est l'auberge pour les soldats blessés ou malades. Ces malheureux nous arrivent sur des chariots, dont les secousses violentes leur font prendre pour des heures les minutes qui s'écoulent depuis leur départ, du champ de bataille, ou d'une ambulance volante, jusqu'à leur arrivée à la station. Le chemin de fer est à deux pas, ils se croient délivrés de leurs tortures, ils ne songent qu'à partir. Le blessé qui a perdu peu à peu ses forces, se sent ranimé alors par l'espoir de se rapprocher de son foyer. Il extorque pour ainsi dire au chirurgien, l'autorisation de quitter l'ambulance. L'amputé, par un effort surhumain, se glisse, sans aide, sans béquilles, le long du chemin pour rejoindre le wagon. Le malade, au mépris du danger auquel il s'expose, brave la pluie et la neige. Serait-ce vraiment trop exiger que de réclamer une main secourable pour porter alors du bouillon, du vin, etc., à ces malheureux qui sortent d'une ambulance pour en aller retrouver une autre ? Nous sommes en décembre et quel froid ! L'épuisement des ressources, conséquence ordinaire du passage des troupes dans une localité, se fait sentir plus vivement encore ici qu'ailleurs. La rigueur de la température vient ajouter encore aux souffrances du blessé. L'infortuné, en arrivant ici, ne trouve qu'un grabat et un foyer insuffisant pour le réchauffer; c'est en vain qu'il réclame le pansement si impatiemment désiré; il l'attend, il l'attend toujours ! Il attend aussi pendant des heures entières le potage qui soutiendrait un peu ses forces.

Et cependant, c'est une femme expérimentée qui se trouve à la tête de cette station de secours; une femme entourée d'abondantes ressources. Sa présence détruirait-elle la justesse des observations que j'ai faites à Sulz ? Je ne le crois pas. J'ai demandé qu'on donnât un peu de vin à ceux des soldats qui, arrivant épuisés par la souffrance et la fatigue, se trouvent condamnés à attendre trop longtemps quelque nourriture substantielle. J'ai écrit à la dame qui dirige la cuisine à la station, pour qu'elle voulût bien faire distribuer chaque jour un peu de viande à ceux des blessés, forcés d'attendre là pendant plusieurs heures le départ du train d'ambulance. Eh bien, j'ai reçu pour réponse, une réfutation du chef de la station, baron de W., qui s'est donné la peine de m'expliquer qu'une station d'évacuation n'est pas une ambulance, et qu'elle ne peut être tenue avec la régularité qui doit régner dans une ambulance ordinaire. Le prince de Pless lui avait conseillé, disait-il, de ne jamais installer une infirmière d'ambulance ordinaire dans une station d'évacuation. J'aime à croire que si jamais le prince de Pless est entré dans ces détails, il aura voulu dire qu'une infirmière ordinaire ne saurait suffire à une mission aussi difficile.

La question du choix du personnel devrait être l'objet d'une grande circonspection pour ceux qui organisent ou dirigent l'œuvre de la Croix rouge. Nulle part, les qualités personnelles n'ont plus d'importance que dans ces circonstances épineuses. Chacun devrait être bien pénétré de la nature de sa mission et l'accomplir sans arrière-pensée. Comment se fait-il que le représentant soit si souvent disposé à s'attribuer tout le mérite du service qu'il rend, grâce à sa position, tandis qu'il laisse à celui qu'il représente toute la responsabilité des désavantages résultant parfois de dispositions mal prises ? A toutes les plaintes qui s'élèvent, la réponse est toute faite : C'est le prince de Pless qui l'ordonne ainsi.

Enfin, mes protégés recevront-ils, oui ou non, de la viande et du vin ?

M. le baron de W. me déclara que M$^{me}$ S. représentait la princesse de Saxe, qu'elle avait rempli en perfection la même mission en 1866, et que toute critique à son sujet était inadmissible. Comme il ne s'agissait pas de critiques, mais de viande et de vin; comme je n'avais dans mon ambulance ni chirurgien ni aides, et que j'avais, dans ces circonstances exceptionnelles, assumé sur moi toute la responsabilité du bien-être de ces infortunés, dont je pansais les plaies, je ne pouvais me contenter d'une conclusion semblable; j'écrivis sans tarder à M. Théodore Knöchel à Neustadt s/Haardt. Je reçus des secours du Palatinat. sur ces entrefaites.

L'administration du dépôt des dons volontaires de l'Allemagne me fournit les choses les plus indispensables. M$^{me}$ S. envoya pour nos blessés du potage et du café. La soupe aux pois trop fréquemment servie aux blessés et aux soldats convalescents de la fièvre typhoïde et de la dyssenterie. ayant produit de nombreuses indispositions et des rechutes, je pris la résolution de préparer moi-même leurs aliments.

Heureusement, le prince Charles de Baden. accompagné du professeur Simon, de Heidelberg. arrivait en ce moment-là amenant un train pour le transport des blessés. Le professeur

Berckmann, de Dorpat, et le docteur Massini, de Bâle, sont arrivés aussi et fort à propos ; j'étais devant des cas de pansements très-compliqués. Des membres fracturés réclamaient des bandages plâtrés. Le pansement est difficile et ma vénération pour la science trop grande pour que je me permette de l'entreprendre sans docteur, même en cas d'urgence.

Nous faisons tous ces pansements à genoux ; ces pauvres victimes sont couchées à terre, les unes si proches des autres qu'il faut parfois, pendant l'opération, mettre le pied sur la couche des voisins du blessé. C'est la besogne la plus fatigante que je connaisse.

Quelle impression douloureuse on éprouve à la vue des pieds gelés de tous ces soldats français qui, sortis récemment du centre de l'abondance commerciale, sont exposés à périr, faute de bas de laine ! A quoi bon envelopper encore leurs pauvres pieds dont la chair se détache ? Je ne puis pourtant m'empêcher de les panser minutieusement.

La balle qui a troué la poitrine de la victime ne la tuera pas ; mais l'infortuné périra par suite de la négligence qui l'exposa à la congélation. Les gardes nationaux sont mieux vêtus, et pourtant chez eux aussi, nous retrouvons ces mêmes petites chaussettes de coton tout à fait insuffisantes. Je supplée par mes ressources autant que je le puis à leur misérable accoutrement. Comme ils sont heureux ces pauvres blessés lorsqu'ils voient m'approcher d'eux avec une portion de cacao bien chaud ! « Vous n'êtes pas Allemande ? me demandent-ils souvent. » En apprenant que je le suis et que peut-être l'un d'eux a blessé ou tué mon fils, ils me regardent d'un air de doute. . . . . .

Oh mon amie, c'est à peine si j'ai la force d'écrire... écoutez : hier soir, je pansais un blessé auquel un éclat d'obus avait arraché le mollet ; près de lui se trouvait couché un soldat bavarois, je lui demande s'il connaît le jeune Döniges auquel je m'intéresse. « Il est tombé à côté de moi, dit-il, il est mort... » La lutte était terrible, ajouta-t-il, un régiment prussien tout entier y a péri... — Lequel ? demandai-je. — Le 5e des dragons du Rhin. — C'est le régiment de mon fils.....

9 décembre.

C'est aujourd'hui seulement, et après s'être rendus inutilement deux fois à la gare que tous nos blessés transportables ont quitté Metz. Trois fois successivement, ces malheureux, qui se flattaient de toucher enfin au moment de leur rapatriement, ont eu à faire leurs préparatifs, leurs adieux et le trajet jusqu'à la gare, si pénible pour plusieurs d'entre eux ; après une longue attente à la station, ils s'étaient vus forcés de rentrer à l'ambulance.

Aujourd'hui, au moment de leur départ qui s'est effectué en même temps que celui d'un grand nombre d'autres blessés, une scène assez originale s'est passée à la gare. L'administration prussienne, qui fait habituellement distribuer aux soldats français de bonnes couvertures de laine, pour les préserver du froid pendant le voyage, avait appris qu'à différentes reprises certains spéculateurs s'étaient trouvés à la gare au moment du départ de ces malheureux et les leur avaient achetées à vil prix. Les agents de la police ont laissé aujourd'hui ces industriels exercer leur petit commerce, puis les ont arrêtés et leur ont enlevé les objets achetés. Cette façon sommaire de faire justice d'une spéculation odieuse, exercée sur des hommes pour la plupart rendus inconscients par l'excès des privations et des souffrances, a rallié les suffrages de tous ceux qui en étaient témoins. Ces négociants, qui étaient accusés d'être des juifs allemands, se sont soumis sans murmurer aux ordres de la police et ont disparu incontinent.

10 décembre.

Le défaut d'aération dans nos salles, que nous avons dû clore à cause du refroidissement de la température, nous amène presque chaque jour quelque nouvel accident. Ce matin, ma chère Rosalie est venue me chercher; un de ses malades, atteint du typhus, présentait, en outre, les symptômes d'une affection toute particulière. Une heure après la visite du docteur, la figure de ce soldat s'était presque instantanément couverte d'ecchymoses; le cou, la face, les mains noircissaient à vue d'œil; ses yeux étaient hagards; une écume épaisse sortait de sa bouche, ce malheureux souffrait horriblement. Nous étions en face d'un cas de peste noire. Nous fîmes chercher à la hâte le médecin de service. Je suppliai Rosalie de s'éloigner et de s'en aller prendre la surveillance de ma salle, sa jeunesse l'exposant bien plus que moi au danger de la contagion. La courageuse fille ne consentit pas à quitter son malade que la soif dévorait. En attendant l'arrivée de l'aumônier, elle l'exhortait à mourir en chrétien. Le docteur arriva. Il parut consterné de l'invasion de ce mal contagieux et prévint le directeur en chef du service sanitaire qui ordonna l'évacuation immédiate de cette salle.

Nous nous disposions à faire transporter les autres malades dans les lits vacants du pavillon et dans ceux de ma salle, lorsque le malade expira dans une convulsion.

Nos compatriotes, partis de Metz le 16 novembre, ont

réussi dans leur mission. M. Adelin Doyen me l'apprend dans la lettre suivante.

Lagny, le 6 décembre 1870.

Madame la Baronne.

..... En quittant Metz le 16 novembre, nous passâmes successivement par Verdun, Bar-le-Duc, Epernay, Châlons, Nanteuil, La Ferté, Corbeil et Lonjumeau. Dans ces différentes localités, nous fûmes obligés de nous arrêter, soit pour opérer des évacuations de blessés, soit pour distribuer des secours aux ambulances qui s'y trouvaient en très-grand nombre. Le 30 novembre nous étions à Versailles; le canon avait grondé toute la nuit, on s'attendait à chaque instant à une action décisive; le prince de Solm, attaché à l'état-major, vint visiter notre voiture. Une heure après, nous recevions l'ordre de nous diriger en toute hâte du côté d'Ormerson. Après avoir voyagé toute la journée au milieu des troupes expédiées dans cette direction, en prévision des événements qui ne devaient pas tarder à surgir, nous arrivâmes vers minuit à Succy-en-Brie où, grâce à une lettre de recommandation qui nous avait été délivrée, nous pûmes trouver un abri dans un château appartenant, comme je l'appris plus tard, à M. Giraux, orfèvre de Paris.

Là, le spectacle le plus bizarre s'offrit à nos regards : ce vaste et magnifique bâtiment avait été transformé en véritable caserne : La cavalerie campait dans la cour et dans le parc; les chambres, les salons, la bibliothèque, la chapelle étaient occupés par des soldats d'infanterie. Une salle du château attira particulièrement notre attention, c'était la salle de jeux : les glaces étaient brisées, les tableaux méchamment lacérés, les tentures déchirées; le billard, relégué dans un coin était couvert de débris de verres et de bouteilles et une table placée au milieu de la salle, n'accusait que trop une récente orgie.

Ce fut là que nous nous décidâmes à passer la nuit. Harassés de fatigue, glacés de froid, nous nous endormîmes à la faveur d'un silence qui n'était troublé que par le bruit des pas de la sentinelle qui veillait sous nos fenêtres. Nous dormions depuis trois heures environ, lorsque nous fûmes éveillés en sursaut par le bruit d'une formidable détonation : c'était le signal de la bataille de Champigny. Au même instant, les clairons sonnèrent l'alarme; quelques minutes après nous étions les seuls hôtes du château que les troupes avaient quitté en toute hâte pour courir au combat.

Au bruit du canon se mêla bientôt celui d'une vive fusillade, et nous pûmes alors discerner facilement l'endroit où se passait l'action.

Immédiatement M. Eloin donna ordre d'atteler les chevaux et nous partîmes pour le champ de bataille. Nous avions marché une demi-heure environ, lorsque nous arrivâmes à Ormerson; nous nous disposions à nous y arrêter, quelques obus déjà étaient venus nous prévenir du danger que nous courions, quand nous fûmes abordés par un lieutenant wurtembergeois qui nous supplia de le suivre. Non loin de là, nous dit-il, se trouvait un petit village appelé Chenevières. Deux fois déjà, les Français avaient tenté d'y mettre le feu. Si nous n'allions pas à leur secours, des centaines de malheureux blessés qui y étaient, allaient peut-être périr au milieu des flammes. Sans hésiter, nous le suivîmes. Il était temps. Plusieurs maisons déjà étaient en proie à l'incendie. Tout d'abord nous nous rendîmes à l'extrémité du village où avaient été élevées des barricades. A ce moment les balles et les obus sifflaient au-dessus de nos têtes, telle maison qu'un instant auparavant nous avions vue intacte, était maintenant criblée de balles. Nous avions fini d'un côté, nous recommencions de l'autre. Que de victimes, que de sang versé!

Parfois nous reculions à la vue de certains soldats blessés si affreusement, qu'ils en perdaient tout aspect humain; à chaque instant nous voyions arriver des bandes de malheureux, se traînant à peine, épuisés par la perte de leur sang et qui venaient nous supplier de les recevoir dans notre ambulance.

Nous fîmes ce jour-là onze fois le trajet de Chenevières à Ormerson. La nuit était venue, le combat, quoique moins violent, durait toujours et le nombre des victimes ne diminuait pas. L'église, jusqu'alors respectée, regorgeait de malheureux que notre mission ne nous permettait pas d'abandonner; nous travaillâmes ainsi jusque bien avant dans la nuit. Nous avons transporté à Ormerson cent soixante-sept blessés.

Le lendemain matin, la canonnade ayant recommencé, nous nous dirigeâmes vers la Croix de Berny et là, comme la veille, nous recueillîmes les malheureux soldats qui gisaient sur le champ de bataille. Ce jour-là, le froid était intense; aussi bon nombre de blessés étaient-ils complétement gelés; vers le soir, nous parcourûmes la route qui conduit de la Croix de Berny à La Queue, nous y trouvâmes encore une cinquantaine de Français qui gisaient là, blessés depuis la veille, et à première vue nous les prîmes pour des cadavres. Le froid les avait complétement inanimés.

C'est ainsi que pendant quatre jours, nous transportâmes sur différents points environ quatre cent cinquante blessés; puis, après avoir distribué de nombreux secours dans les diverses ambulances établies aux environs de Champigny, nous partîmes pour Lagny où nous sommes arrivés depuis quelques heures seulement. Nous ne nous occuperons ici, je crois, que du service des évacuations d'ambulances.

Recevez, Madame la Baronne, l'assurance des sentiments respectueux de votre tout dévoué serviteur,

ADELIN DOYEN.

Du 11 au 13 décembre.

Deux cérémonies touchantes ont eu lieu dimanche dans notre ambulance. Un blessé, gravement atteint par un éclat d'obus et dont l'état paraît à peu près désespéré, avait avoué à notre aumônier, que, quoique baptisé dans la foi catholique, jamais il n'avait été admis à la participation des sacrements. A l'âge où les enfants sont appelés à suivre le catéchisme de la paroisse, lui, pauvre enfant privé de son père, seul soutien de sa mère malade et pauvre, avait été mis en service dans une ferme où il gardait les vaches. Il n'y avait à son grand regret, disait-il, trouvé le temps, ni obtenu la permission de s'instruire, et lorsque ses jeunes camarades se firent admettre pour la première communion, il se vit repoussé par le curé qui l'avait si bel et bien grondé à cause de son absence des leçons de catéchisme, que le pauvre enfant n'avait plus osé se représenter à lui. Notre bon abbé était tout ému et ne ménageait pas son confrère en me racontant cet épisode. Ce soldat, presque mourant, est doux et patient ; l'abbé ne voyait aucun inconvénient à se contenter de sa foi naïve pour le dispenser de tout autre épreuve avant la réception de l'Eucharistie. « Le Christ a dit : Laissez venir à moi les petits enfants ; or cet homme a la simplicité et la douceur de l'enfance, me disait ce prêtre à l'esprit évangélique. » Nous avions orné son grabat pour la cérémonie, notre malade n'éprouvant aucune contrariété de voir ses camarades mis dans la confidence de ce qu'il appelait son bonheur. Je dressai avec Élisa une sorte de petit autel au pied de sa couchette. La cérémonie eut lieu de bon matin ; nos convalescents se sont agenouillés autour de nous, j'ai lu à haute voix les prières de la Communion. La piété avec laquelle cet homme mourant communiait pour la première fois nous toucha profondément. L'évêque de Metz, instruit de cette circonstance par son secrétaire, avait informé l'aumônier qu'il viendrait administrer à notre malade le sacrement de la confirmation. Le vénérable prélat s'est rendu parmi nous et a adressé à son arrivée quelques paroles de consolation et d'encouragement à tous nos soldats. J'ai été la marraine du blessé confirmé dans la foi. Il paraît tout heureux de s'appeler mon filleul. La cérémonie achevée, l'aumônier nous présenta à l'évêque et dans les termes les plus sympathiques.

Monseigneur nous remercia pour les soins que nous étions venues donner à ses compatriotes et nous exprima, en sa qualité de ministre de Dieu, sa reconnaissance toute particulière pour l'appui qu'avait trouvé en nous l'excellent aumônier. J'ai regretté que notre bonne Adèle ne fût pas présente à cette touchante allocution. Elle assistait en ce moment deux mourants... Depuis quelques jours, la mort nous a enlevé plusieurs blessés. L'air de cette ambulance est empesté. La pourriture d'hôpital y continue ses ravages, quoi qu'on fasse pour parer à cet affreux mal.

### Du 12 au 15 décembre.

Plusieurs transports de blessés, effectués ces jours derniers, ont laissé du vide dans notre ambulance ; il ne nous restait plus aujourd'hui qu'une cinquantaine de pensionnaires non transportables au loin. Nos infirmiers les ont portés dans le pavillon de l'horloge de la caserne du génie. Déjà l'autorité militaire prussienne avait manifesté à plusieurs reprises quelque impatience de la lenteur avec laquelle on procédait à l'évacution du rez-de-chaussée de l'arsenal. Il a fallu nous séparer de ces infortunées victimes, la plupart condamnées à mourir des suites de leurs blessures, dans un délai plus ou moins rapproché. Tous ont manifesté, en nous quittant, des regrets que nous partagions. Nous les avons accompagnés et installés dans leur nouvel asile ; cette ambulance est desservie par des dames anglaises, infirmières volontaires. Nous avons la certitude que les soins et les secours ne leur y feront pas défaut. Notre bon aumônier, qui aime nos blessés, autant que nous les aimons, a bien voulu nous promettre d'aller

les visiter quelquefois et de repartir entre eux, après notre
départ, une petite somme d'argent que nous lui avons
remise à cette fin.

La dispersion de notre ambulance est pour nous le
signal de la retraite. Le besoin du repos se fait sentir,
surtout pour Rosalie qui est souffrante. Il nous restait
tantôt encore, outre nos petits objets mobiliers, une assez
grande quantité de provisions de bouche. Une bonne
sœur de charité, qui venait quelquefois nous voir, nous
avait parlé en termes si émus du dénuement de certaines
familles de cette ville, visitées par elle, que nous n'avons
pas hésité à lui remettre pour ces pauvres gens, qui sont
aussi des victimes de la guerre, nos ustensiles de cuisine et tout ce qui restait aujourd'hui dans notre magasin.
La bonne sœur en a rempli ce soir deux grandes charrettes. A ce propos, nous nous sommes rappelé l'Évangile
de la multiplication des pains. Arrivées ici avec des ressources assez restreintes, eu égard au grand nombre de
nos malades, nous avons pu, grâce à celles que nous envoya la Providence, distribuer pendant un mois des
secours à plus de huit cents malades ou blessés ; c'est à
ce chiffre que se monte le nombre total des soldats qui
ont été successivement recueillis à l'arsenal pendant notre
séjour à Metz ; or, voici que les restes de notre ambulance
vont répandre une abondance relative dans des familles
où tout fait défaut. La protection de Dieu s'est visible-
ment étendue sur notre œuvre.

Les communications par le chemin de fer n'étant pas
rétablies entre Metz et Luxembourg à la date du 16 décembre, nous fûmes obligées de faire le trajet en voiture.
Il nous parut long à cause de l'état de santé de Rosalie,
qui s'aggravait d'heure en heure. Nous avions perdu de
vue, depuis une couple d'heures seulement, le triste spec-

tacle des ruines accumulées autour de Metz, que nous
nous retrouvâmes sur un nouveau théâtre de dévastations.
A mesure que nous approchions de Thionville, la campagne nous présentait le même aspect de désolation : des
maisons abandonnées, d'autres incendiées ou saccagées
par les obus, les arbres sciés, les haies arrachées, des
murailles écroulées , toutes sortes de débris jonchant le
sol, en un mot, la ruine, le désert. Malgré leur énorme
épaisseur, les murs des remparts de Thionville avaient
été percés à jour : la grande caserne, établie à l'extrémité
de la ville, n'est plus qu'une ruine. Tout le quartier de la
sous-préfecture et des rues entières ont été incendiés.

Plus de trois semaines s'étaient écoulées depuis le bombardement de la ville et une fumée épaisse s'échappait
encore d'énormes tas de décombres qui obstruaient les
rues.

L'hôtesse de l'auberge, où nous nous arrêtâmes, nous
fit un poignant récit des angoisses éprouvées par cette
malheureuse population, pendant la catastrophe. Des habitants, qui s'étaient réfugiés dans les caves, y avaient
péri asphyxiés. Un grand nombre de maisons avaient été
incendiées par des bombes à pétrole. On avait ramassé
dans la ville plusieurs de ces projectiles qui n'avaient pas
éclaté ; ils contenaient jusqu'à quinze litres de cette ma-
tière inflammable ! La population paraît encore conster-
née, et comme stupéfiée, par le souvenir de ces scènes
d'horreur, et par le spectacle de la ville en ruine. Un
grand nombre d'habitants se tenaient, malgré la rigueur
de la température, sur le seuil de leur porte, muets, immobiles, dans l'attitude du découragement. Presque toutes
les maisons portent la trace des obus...

Arrivées à Luxembourg le soir, nous étions à Bruxelles
le lendemain ; Rosalie était de plus en plus souffrante.

6

Son médecin la déclara atteinte de la fièvre typhoïde. La maladie fut longue et mit en danger les jours de notre chère compagne... mais Dieu daigna conserver, à l'amour de sa mère et de sa famille, et à l'affection de celles qui l'aimaient comme une sœur, la courageuse fille qui, depuis le début de la guerre, n'écoutant que sa charité, sans jamais consulter ses forces, n'avait cessé de nous donner les plus touchants exemples de bonté et de dévouement.

# CAMBRAI

# CAMBRAI

17 janvier.

Les dernières batailles livrées près d'Amiens et d'Arras ont fait un nombre considérable de victimes. J'ai appris que le manque de Sœurs de charité se fait sentir partout en ce moment, dans le Nord. A Maubeuge, à Douai, à Valenciennes, on organise des ambulances en prévision des prochains combats. L'armée du Nord se dirige vers Paris ; mais, de l'avis de tous, elle ne parviendra à Compiègne qu'après avoir livré bataille au corps d'armée du général von Goeben. C'est de ce côté que nous nous rendrons. Mⁱˡᵉ Joséphine Nyssens dispose de quelques jours de liberté. Elle s'est offerte pour m'accompagner dans ce voyage d'exploration. Dès que je serai fixée sur l'endroit jugé le plus convenable pour établir notre ambulance, j'avertirai Mⁱˡᵉ Teichman qui voudra bien y amener notre personnel et le matériel nécessaire.

J'ai reçu hier la visite de M^me Julienne Meeus qui, de son côté, se rend avec son ambulance dans les environs de Paris, par Metz et la Champagne.

18 janvier.

Nous avons quitté Bruxelles ce matin. Arrivés à Maubeuge, nous nous acheminons vers l'hôpital militaire qu'on nous a dit être encombré de blessés. Je remarquai bientôt, marchant à nos côtés, un officier d'artillerie à la physionomie si bonne et si franche, que l'envie me prit tout d'abord de m'adresser à lui, afin d'obtenir les renseignements que nous désirions. Je lui dis le but de notre voyage ; il me répond le plus poliment du monde et nous offre de nous accompagner dans nos courses. Nous acceptons. Nous nous rendons d'abord à l'hôpital. Il renferme un grand nombre de blessés, la plupart très-gravement atteints ; mais, le personnel ordinaire suffit au service. Plusieurs locaux de la ville sont transformés en ambulances. A chaque instant, on attend ici de nouveaux convois de blessés. Le directeur de l'hôpital, convaincu de la pénurie actuelle d'infirmières, nous prie de lui réserver notre concours si, d'ici à quelques jours, nous ne trouvions pas l'occasion d'être plus utiles ailleurs. Nous visitons quelques ambulances encore. Partout les blessés se louent de la bonté et de la générosité des habitants de la ville ; le tabac seul leur fait défaut. M^lle Nyssens leur distribue quelque argent qui leur permettra d'en acheter. Le tabac est décidément, toujours et partout, le genre de distraction préféré à tout autre par les blessés.

Les besoins du service rappelant chez lui l'obligeant

Capitaine, nous lui faisons nos adieux et nos remercî-
ments.

Rentrées à l'hôtel, nous délibérions sur le choix de la
ville où nous nous rendrions en quittant Maubeuge, lorsque le Capitaine, revenu en toute hâte, coupa court à nos
hésitations. Il tenait à la main une lettre de sa femme qui
habite Cambrai, avec ses enfants. L'intendance militaire
a reçu l'ordre d'y organiser en hâte des ambulances, une
bataille étant imminente dans les environs de Saint-
Quentin, où le général Faidherbe se trouve en ce moment. Nous nous décidons à partir pour Cambrai. Le
Capitaine nous donne, pour sa femme, quelques lignes
d'introduction que nous lui remettrons ce soir même.

Sur notre route, nous remarquons que les gares sont
désertes, et de Busigny à Cambrai nous restons à peu
près seules dans le train.

Arrivées à Cambrai, nous descendons à l'hôtel du
Commerce. Cet hôtel est vaste ; mais toutes les chambres,
moins une fort petite de laquelle force est de nous contenter, sont occupées par des militaires et par des campagnards fuyant devant les Prussiens qui déjà occupent
Masnières, à deux lieues seulement de Cambrai. Dans la
grande salle à manger, nous trouvons une vieille dame
accompagnée d'une femme plus jeune et de deux enfants.
Cette famille a quitté son village ; les Prussiens ont
envahi la ferme qu'elle occupait, emmené le bétail, déva-
lisé la maison. Plusieurs Messieurs entrent successivement dans la salle ; ils nous regardent d'un air d'étonnement qui ressemble, si nous ne nous trompons, à de la
défiance. Ces nouveaux venus s'attablent pendant notre
souper. Ils disent que le général Faidherbe a repris et
maintenu Saint-Quentin, sans aucune difficulté. Tout fait
espérer qu'il se dispose à marcher sur Paris, et, Paris dé-

livré, la France est sauvée; les Prussiens se repentiront
d'être venus et surtout restés en France, ils vont trouver
à qui parler, etc...., j'en passe. Que de fois, depuis le
début de la guerre, nous avons eu l'occasion, nous trou-
vant avec des Français, d'entendre débiter de semblables
prophéties, jamais réalisées! Celles-ci sont faites sur un
ton qui n'est pas en harmonie avec l'extrême confiance
qu'elles expriment; je crois entendre le *Suivez-moi* de
*Guillaume Tell*, chanté en adagio. Ces Messieurs ne par-
laient-ils pas pour la galerie... et n'étions-nous pas la
galerie ?

C'est un va-et-vient incessant dans cet hôtel; on se
rencontre, on se coudoie dans les corridors et dans les
escaliers; mais tout respire un air de morne tristesse.
Chacun semble redouter quelque catastrophe. L'atmosphère dans laquelle on respire ici paraît lourde, et l'on
éprouve cette disposition anxieuse qui précède l'orage.

M^{me} Delcourt la femme du capitaine de Maubeuge,
nous recevra demain matin vers 10 heures.


19 janvier.


Nous resterons décidément à Cambrai, dans la ville du
saint et doux Fénélon. Plus ne sera besoin, du moins
pour quelque temps, d'exhiber nos papiers et lettres de
recommandation. Il est pénible, surtout pour des femmes,
de faire constater leur respectabilité par le moyen
du sceau des légations, et de n'acquérir, que par des
certificats constatant des services rendus, le droit d'en
rendre d'autres. Je regrette que la vue seule d'un bras-
sard ne constitue pas toujours pour la personne qui

le porte un titre suffisant à la confiance et au respect.

Ce matin, un commissaire de police est venu nous
trouver pendant notre déjeuner ; il a réclamé nos papiers
d'un air assez rébarbatif. Tandis qu'il les parcourait, il
s'est mis à rire ; il me dit, en me les rendant, qu'on était
allé l'avertir que des dames prussiennes parlant le français, étaient arrivées à l'hôtel, la veille au soir. A coup sûr,
les Messieurs, qui soupaient là, auront surpris chez nous
un sourire d'incrédulité, pendant qu'ils escomptaient leurs
futurs succès et en auront conclu que nous étions des
Allemandes.

M^{me} Delcourt nous fait un amical accueil. Elle se réjouit de notre arrivée, vu la difficulté de se procurer en
ce moment des infirmières pour les ambulances de la ville.
Elle nous conduit chez le maire qui reçoit, avec reconnaissance, nos offres de services et nous prie galam-
ment de demeurer le plus longtemps possible citoyennes
de Cambrai. Nous allons à l'archevêché. Monseigneur
mettrait immédiatement à notre disposition sa maison de
campagne de Solesmes, si nous jugions convenable d'y
établir une ambulance. Le vénérable prélat bénit nos
personnes et notre mission et ne prétend nous quitter
qu'au seuil de son palais. M^{me} Delcourt propose de nous
présenter à M^{me} Hector Boniface qui, par le respect et le
charme attachés à sa personne, exerce, dans la ville de
Cambrai, une influence réelle tournant tout au profit des
bonnes œuvres qu'elle patronne. Cette aimable dame
nous prend, immédiatement, ainsi que notre future ambulance, sous sa protection. Pendant notre visite, son
gendre, M. Lermoyer, ingénieur en chef du département,
arrive de Lille. Quelles nouvelles? Elles semblent très-

6.

bonnes. Le général essaye en ce moment même de forcer les lignes prussiennes au-dessus de Saint-Quentin ; ses forces sont supérieures à celles de l'ennemi ; les dispositions de l'armée excellentes ; on a grand espoir dans le succès.

Il est midi ; M. Brabant, président du Comité de secours aux victimes de la guerre, prévenu de notre arrivée, nous attendait. Il accueille avec joie nos offres de services et nous prie d'appeler immédiatement nos compagnes. Il est urgent d'organiser au plus vite des ambulances. Nous allons visiter, avec lui et M. le comptable de l'hôpital, les locaux requis par l'autorité militaire. Notre choix est bientôt fait. Le Musée de Cambrai est établi dans les bâtiments d'une ancienne abbaye. La salle principale, dépouillée actuellement de ses tableaux, en prévision de l'arrivée des Prussiens, en était jadis l'église. Le chœur, tout orné de ses stalles en bois sculpté, de son autel et de son grillage en marbre gris, est en parfait état de conservation. La voûte, très élevée, est coupée par un plafond en bois, de construction moderne. Les dimensions de cette salle chauffée par deux grands calorifères, et qu'on peut aérer par de larges ventilateurs, nous font préférer ce local à tout autre. Une petite salle entourée de boiseries précède la grande salle ; c'est l'ancienne sacristie. Nous la destinerons aux malades ; elle contiendra une quinzaine de lits. Nous en placerons au moins quatre-vingts dans la grande salle. Un grand fourneau, devant servir pour la préparation des aliments, sera placé dans la demeure du concierge ; la pharmacie et la tisanerie, établies dans une salle contiguë. La famille du concierge se chargera des travaux de la cuisine ; tout cela est décidé, réglé sans perdre de temps. L'expérience acquise à Sarrebrück et à Metz nous sert à merveille pour

ce genre d'installation. Des institutions, que la guerre
rend veuves de leurs élèves, des particuliers de la ville,
des établissements de bienfaisance se sont engagés à
prêter les lits, les literies et le linge de première nécessité. L'intendance militaire fournira la nourriture réglementaire, les médicaments et les gens de peine. La
Société française de secours aux blessés a mis à la disposition du président une somme de deux mille francs ; j'en
apporte six cents que quelques amis m'ont remis pour le
soulagement des blessés que nous soignerons. Voilà les
conditions matérielles bien réglées.

Le canon tonne dans le lointain avec une violence croissante. Il n'en faut pas douter, on se bat à quelques lieues
de Cambrai. Nous constatons ici une grande animation ;
tous persistent à croire au succès de l'armée française.

L'on se bat... on tue, on mutile en ce moment des milliers d'individus ! Cette pensée serre le cœur. Nous, qui
n'avons pas à prendre parti dans la lutte même, nous ne
nous préoccupons que des victimes de cette guerre meur-
trière. Martyrs du devoir, que votre drapeau soit ou ne
soit point vainqueur, en ressentirez-vous moins les
cruelles blessures de la baïonnette ou les atroces déchi-
rures de la mitrailleuse ?

Tantôt, en passant sur la Grand'Place, nous nous y
sommes arrêtées pour regarder un régiment de mobilisés
qui s'en va grossir l'armée du Nord. Sont-ils vraiment
des soldats, ces pauvres gens si mal vêtus, si mal équi-
pés ! Je n'ai pu me défendre d'un mouvement tout à la
fois de pitié et d'indignation. Plusieurs portent aux pieds
des sabots dans lesquels la paille remplace les bas absents ; d'autres ont une taille d'enfant ; beaucoup semblent
phthisiques ou rachitiques ; j'ai même cru voir des idiots !
La plupart de ces hommes marchent mollement, ployant

sous le poids d'un fusil qui n'est pas toujours un chassepot. En comparant ces conscrits improvisés à ces régiments allemands, justement réputés pour l'irréprochable tenue de leur équipement, la régularité et la précision de leurs manœuvres, nous ne pûmes nous empêcher de plaindre ces pauvres soldats, qui semblaient condamnés, quel que pût être leur courage, à une inévitable défaite.

J'écris ce soir à Mlle Teichman; je la prie de nous amener Mlle Catteaux et Mme Bosquet; je préviens aussi M. Goris que nous l'attendons. De son côté, Mlle Nyssens engage sa sœur à accompagner ces dames, afin de la remplacer ici.

L'intendant militaire est venu nous retrouver ce soir, il approuve toutes nos dispositions. Déjà quelques lits ont été placés tantôt dans la petite salle de notre ambulance qui, demain, sera en grande partie meublée, prête à recevoir des victimes du combat d'aujourd'hui.

20 et 21 janvier.

Quelles journées! Les événements se précipitent ici avec une rapidité telle que j'ai peine à les suivre avec quelque ordre.

La poste ne part plus; le télégraphe ne fonctionne que pour le service militaire. Nos lettres n'ont pu être expédiées ni hier, ni aujourd'hui.

On nous a amené ce soir un jeune caporal de la ligne, en proie à une fièvre et à une surexcitation cérébrale telles que je n'ose pas le quitter cette nuit. Au reste, pourquoi me coucherais-je? Triste, anxieuse comme je le suis, je ne dormirais pas. J'écrirai durant les moments de calme de mon malade. Sa fièvre a parfois des reprises très-violentes. Ce pauvre enfant est, je crois bien, sous l'impression de la terreur que lui a causée la bataille. Il s'imagine à tout instant qu'on va le fusiller ; il demande à mains jointes qu'on en finisse tout de suite. Il me prend tantôt pour sa mère, tantôt pour sa sœur. Je lui laisse son illusion, je l'entretiens même. Je lui parle tout doucement en lui tenant la main. Je calmais ainsi jadis mes enfants, lorsque après avoir fait un mauvais rêve, ils ne parvenaient pas à s'endormir. Peut-être qu'en ce moment mes fils sont bien tourmentés de n'avoir point de mes nouvelles.....

Je vais essayer de reprendre mon récit. Jeudi soir, après avoir écrit nos lettres, nous nous couchions avec la perspective consolante de pouvoir rendre ici des services efficaces. Vers quatre heures du matin, nous fûmes réveillées par l'arrivée bruyante de nouveaux hôtes ; on allait, on venait, on ouvrait et refermait les portes. Nous nous imaginions qu'après avoir fait une reconnaissance, ou gardé quelque poste, des officiers et leurs ordonnances rentraient à l'hôtel ; mais ce bruit se prolongeant, le passage d'escadrons de cavalerie et le roulement de voitures venant s'ajouter à ce vacarme, nous crûmes à l'arrivée de troupes qui allaient rejoindre l'armée de Faidherbe. Ce fut, d'abord, à cette hypothèse que mon esprit, engourdi par le sommeil, s'arrêta pendant quelque temps ; mais vers six heures, ayant entendu recommencer et redoubler tout ce tapage, je m'habillai à la hâte et descendis dans la grande salle. Je la trouvai occupée par des militaires de toute arme, de tout grade : officiers, sous-officiers, soldats, marins, fantassins, artilleurs, et dans quel état, mon Dieu ! Il suffisait de les voir pour ne pas douter de la vérité. L'armée du Nord était en déroute. Les Allemands comptaient une victoire de plus!

La dame de l'hôtel m'apprit que les généraux Faidherbe, Fare et l'état-major étaient arrivés cette nuit. Tous ces militaires, les vêtements en désordre, la colère, le désespoir peints sur le visage, entraient, sortaient, s'asseyaient, se levaient brusquement, tous gardant le silence. A la lueur du jour naissant mêlée à celle des lampes fumantes, ils ressemblaient à des êtres fantastiques. Je n'osais les questionner tant je craignais des explosions de colère. Pendant quelque temps, j'aidai les gens de la maison à leur distribuer le peu de vivres qui restaient à l'hôtel. J'allai ensuite dans la cour; elle était remplie de chevaux, pour lesquels des cavaliers réclamaient en jurant du pain ou de l'avoine. Les pauvres bêtes, haletant de fatigue, couvertes de sueur et de boue, faisaient peine à voir. Dans la rue défilait lentement une longue suite de chariots et de charrettes, sur lesquels se trouvaient entassés pêle-mêle, des blessés, des éclopés, des armes, des havre-sacs, des selles de chevaux; sur le derrière de ces véhicules, se tenaient accrochés ou assis des malheureux soldats tout débraillés. Ensuite arrivaient des caissons de munitions remplis de soldats éclopés, puis venaient des canons de toute dimension, sur lesquels se trouvaient assis ou à califourchon, quelques-uns les entourant de leurs bras, de pauvres soldats harassés ou blessés. Puis à la suite venaient des militaires appartenant aux divers régiments; les uns sans armes, d'autres sans coiffures. Beaucoup d'entre eux portaient leurs bras en écharpe. Un grand nombre de soldats avaient la tête enveloppée de linges ensanglantés; la boue rendait leurs uniformes méconnaissables. La plupart marchaient les pieds nus et couverts de sang et de boue. C'était un spectacle navrant;

je restai pendant quelque temps sur le seuil de la porte de l'hôtel, immobile, stupéfaite. A ce moment M. Brabant vint nous avertir de la part de l'intendant militaire que des blessés arriveraient bientôt au Musée ; nous nous hâtâmes d'y courir. En traversant la grand'place un nouveau spectacle non moins désolant s'offre à nos regards. Là venaient s'entasser au terme d'une longue et rude étape, une foule de soldats épuisés par la fatigue et la faim qui, après s'être battus pendant deux jours, avaient franchi à pied, en toute hâte et en déroute, une distance d'environ huit lieues.

Un grand nombre d'entre eux se laissaient choir sur le pavé et y recevaient la nourriture que des habitants charitables s'empressaient de leur apporter.

De jeunes mobiles, enfants arrachés la veille au foyer maternel, jetaient en pleurant leurs armes et juraient qu'ils ne se battraient plus. Les chariots et les charrettes encombraient la place, mêlés aux canons et aux caissons. Un artilleur vint à reconnaître le canon qu'il avait cru enlevé, je présume, et se livra tout à coup aux transports d'une joie si expressive, qu'il m'arracha, pour un instant à ces émotions douloureuses. « Oh petite gueularde, c'est toi ! disait-il en battant des mains, voyez-vous çà... ces coquins de Prussiens, ils n'ont pas su te prendre ! Oh chère belle, que tu as bien fait de revenir ! » Le pauvre soldat paraissait ivre de joie.

Un mobile jette ou laisse tomber son fusil chargé, le coup part, la balle atteint une bonne portant un enfant ; la femme est tuée, l'enfant n'est pas blessé. Un peu plus loin, nous voyons un groupe de femmes pleurant, criant, levant les mains au ciel qu'elles semblent prendre à témoin de leur douleur ; elles viennent d'apprendre par les camarades de leurs maris ou de leurs fils que ceux-ci sont tombés sur le champ de bataille, blessés ou morts.

Cette foule compacte, grossissant encore à chaque pas, c'est à grand'peine que nous parvenons au Musée, où nous reprenons notre besogne d'infirmières. Aidées par la famille du concierge, nous couvrons les lits, faisons chauffer de l'eau et préparons de la soupe. Des voisins complaisants, appelés par nous, se chargent d'aller chercher des vivres. Nous envoyons prendre à l'hôpital militaire des médicaments, du linge et des objets de pansement. Les blessés arrivent. Ce sont d'abord des soldats, aux pieds meurtris, par suite de la perte de leurs chaussures. L'enflure, l'écorchure, la boue et le sang ont ôté à ces pauvres pieds toute forme humaine ; nous les lavons avec précaution, et les enveloppons dans des linges imbibés de glycérine. A peine couchés, ces malheureux dorment d'un sommeil de plomb, ils sont accablés, presque idiotisés par la fatigue et la souffrance. Un chariot s'arrête à la grille du Musée et nous amène une autre catégorie de blessés. Ceux-ci sont tout sanglants : deux d'entre eux ont le crâne fendu par des coups de sabre ; ce sont les premières blessures faites à l'arme blanche que j'ai rencontrées depuis le début de la guerre. D'autres ont le bras, la main ou les doigts fracassés par des éclats d'obus. Puis arrivent successivement quelques malades atteints de bronchite, grelottant de la fièvre. Le chirurgien est là, les pansements commencent. En nous voyant à l'œuvre, le docteur Hardy, médecin en chef de l'ambulance, veut bien nous dire que notre expérience lui viendra fort en aide ; il n'hésite pas à nous confier le soin de la plupart de ces pansements, dont le renouvellement sera nécessaire dans les intervalles de ses visites.

Nous apprenons que tous les hôpitaux et les ambulances de Cambrai sont encombrés de blessés et de malades.

Partout aussi, nous dit-on, les infirmiers et infirmières se trouvent en nombre à peine suffisant.

Vers onze heures du matin, un membre du Comité de secours arrive à l'ambulance. Il dit que le général Faidherbe, son état-major et quelques-uns des régiments, arrivés cette nuit, partent en toute hâte pour Lille. Le général a donné ordre de ne plus retenir à Cambrai un seul des blessés qu'y pourraient amener les trains du chemin de fer de Saint-Quentin. Les Prussiens, ajoutait notre nouvelliste, sont sur les talons de l'armée en retraite; déjà du haut des remparts, on les voit s'avancer vers Cambrai; dans deux heures, au plus tard, ils seront aux portes de la ville.

Ni ma compagne, ni moi, n'accordions grande croyance à cette nouvelle; nous nous disions que cette panique-là était probablement due à la réaction de l'extrême et générale confiance que nous constations la veille; deux heures plus tard, le doute était moins permis : un obus, lancé du dehors, venait tomber et éclater avec fracas dans un jardin voisin du Musée. Immédiatement, la place répondit à l'agression par un coup de canon. Pendant quelque temps, des obus lancés du dehors, alternèrent avec les coups de canon tirés du haut des remparts.

Vers le soir tout rentra dans le silence.


A sept heures, nous rappelant les invitations réitérées de M^me Boniface, nous nous rendîmes chez elle. Malgré les péripéties émouvantes de la journée, cette excellente dame, qui se constitue ici notre protectrice, avait trouvé le temps de pourvoir à toutes les conditions de notre installation. Jugeant qu'il eût été peu commode et convenable pour nous de continuer à habiter l'hôtel assez éloigné de notre ambulance et tout encombré de militaires, M<sup>me</sup> Boniface avait obtenu de nous faire accepter comme pensionnaires dans une famille d'artistes belges, établie depuis longtemps à Cambrai et dout la maison est voisine tout à la fois de la sienne et du Musée. Mais il était dit que nous jeûnerions ce jour-là. A peine étions-nous assises devant une table hospitalière, que le concierge accourait en toute hâte pour nous prévenir de l'arrivée de nouveaux blessés.

Vers onze heures, M<sup>lle</sup> Nyssens, me voyant très-fatiguée, me supplia d'aller prendre quelque repos et prétendit rester seule auprès des malheureux soldats que la souffrance ou la fièvre tenait éveillés.

Ce matin, ou plutôt hier matin, car il est plus de minuit maintenant, j'ai retrouvé, dormant du même sommeil de plomb, plusieurs de ces éclopés arrivés vingt-quatre heures auparavant; c'est à peine si nous parvenons à les éveiller pour l'heure du repas; leur état de faiblesse ne nous permet pas de les en dispenser.

On persiste à croire à l'imminence du siége et du bombardement; on dit que les Prussiens élèvent des batteries à Masnières. Depuis hier les habitants de la ville enfouissent leurs objets précieux dans leurs caves et dans leurs jardins.

On dit que tout moyen de correspondre avec le dehors est devenu impossible. Après que les pansements ont été terminés, j'ai voulu m'en assurer par moi-même et trouver l'occasion d'envoyer mes lettres en Belgique. Je me dirigeai d'abord vers la gare du chemin de fer, qui est hors de la ville et où j'aurais, en tous cas, la chance de recueillir des blessés. Dans une rue tout encombrée de soldats, je remarquai un officier à cheval que je crus reconnaître. Je cherchai, sans y parvenir, à me rappeler

où je l'avais rencontré déjà, lorsque je m'entendis inter-
peller par mon nom. L'officier avait mis pied à terre,
confié son cheval à un gamin et, pressant le pas, m'avait
rejointe. Je le reconnus aussitôt; la fatigue et les émotions de la défaite avaient singulièrement altéré ses traits.
C'était le Capitaine ***, qui, blessé à Sedan, avait été
transporté et soigné à Bruxelles; mais non en qualité
de prisonnier des Prussiens, ni d'interné en Belgique,
car dès que la guérison de sa blessure le lui avait permis,
il s'était hâté d'aller reprendre son service en France; il
avait assisté depuis à plusieurs rencontres et reçu le grade
de Commandant. Pendant son séjour dans notre capitale,
cet officier avait su, par la distinction de ses manières et
l'intérêt qu'inspirait toute sa personne, se concilier la
sympathie d'un petit cercle dans lequel je compte quelques bons amis; j'avais rencontré chez eux et reçu chez
moi le Capitaine *** à mon retour de Sarrebrück. Apprenant que ma course faite au pas accéléré avait pour double but de chercher à faire partir mes lettres et de recueillir les soldats blessés attardés pour les ramener ensuite
à l'ambulance, le Commandant s'offrit à m'accompagner.
Arrivés à la station, à travers des chemins rendus presque
impraticables par la pluie et le passage des troupes, nous
apprenons qu'en effet les trains ne partent plus. Une
foule de soldats attardés, appartenant aux régiments partis
la veille, acquéraient là, à leur grand désespoir, la certitude que le chemin de fer ne les transporterait pas. On
procédait en ce moment, en grande hâte, au déménage-
ment du mobilier de la gare. Sur notre passage, nous
rencontrâmes à plusieurs reprises des mobiles qui s'adres-
sèrent au Commandant pour obtenir de lui quelques indications au sujet de la compagnie à laquelle ils appartenaient, et dont ils s'étaient trouvés séparés pendant

la déroute. Hélas ! ces pauvres inexpérimentés, interrogés
par l'officier sur le numéro de leur régiment et celui de
leur bataillon, ou sur le nom de leur chef, ne trouvaient
rien à répondre ; ils ignoraient absolument tout ce qui
concernait leur organisation. Un d'entre eux, presque enfant, interpellé avec bonté par le Commandant sur le nom
du Général à la division duquel appartenait son régiment,
répondit naïvement : « Mon officier, le Général c'est un
qui a comme ça de grandes moustaches. » Le pauvre
garçon paraissait tout fier de se rappeler en ce moment
de détresse un signe qui lui paraissait distinctif.

Le Commandant me confirma tout ce que les journaux
avaient dit au sujet de l'adjonction des régiments de mobilisés à la troupe régulière. Placés au front des troupes
exercées, ils se retournaient parfois au fort de l'action et
jetaient la déroute parmi celles-ci ; postés derrière elles,
ils leur donnaient le signal de la fuite et y provoquaient
des paniques. En plusieurs rencontres récentes, cette circonstance avait été, de l'avis de cet officier, l'une des causes principales d'échecs éprouvés par l'armée française.

J'ai trouvé le long du chemin quelques soldats éclopés
que j'ai amenés à l'ambulance. Ma compagne avait eu, en
sortant ce matin, cette même chance. Dès que les malades
particulièrement confiés à ses soins lui laissent quelque
loisir, M$^{lle}$ Nyssens s'occupe du ménage et de la direction
de la cuisine. J'ai pris le service de la grande salle. L'intendance nous a envoyé aujourd'hui quelques mobiles qui
feront les gros ouvrages de notre hôpital ; nous avons
aussi un comptable ; tout ce monde semble avoir plus de
bonne volonté que de pratique.

Vers deux heures quelques bombes ont été encore lancées du dehors et le canon des remparts a tonné à plusieurs reprises. L'intendant militaire est venu tantôt à

l'ambulance ; il nous a parlé des préparatifs de résistance
que fait l'autorité militaire commandant à Cambrai. Si
par aventure, la ville se rendait, la citadelle détruirait la
ville avant de capituler. J'admire le sang-froid de ma compagne ; toutes ces menaces de siége et de bombardement
ne l'émeuvent pas ; elle va jusqu'à ne point regretter de
se trouver à point ici pour en être témoin ; je la querelle
un peu pour cela ; j'en suis pour ma part très-effrayée, je
l'avoue sans honte. J'ai vu Thionville plusieurs semaines
après le bombardement de cette place, et je ne saurais
oublier ni ses ruines fumantes, ni le récit des douleurs
éprouvées par cette malheureuse population ; j'ai peur
enfin qu'en apprenant ce qui se passe ici, mes enfants et
mes amis s'en inquiètent pour moi. Tantôt on nous a
averties que si nous voulions quitter la ville, nous le
pouvions encore ; de temps en temps on entr'rouvre une
des portes pour laisser passer ceux qui fuient ; demain
il sera peut-être trop tard. Un instant j'ai balancé,
que fallait-il faire ? Quitter Cambrai, épargner ainsi à ma
famille et à mes amis de pénibles inquiétudes ? Ou bien
rester et aider à rendre par nos soins et notre dévouement la santé, peut-être la vie à des infortunés ? Après
avoir vu mutiler leurs membres sur le champ de bataille,
ils ne retrouveraient donc plus, à leur chevet de douleur,
des mains et des cœurs de mère et de sœur pour panser
leurs plaies et répandre le baume de la consolation sur
leurs âmes, plus meurtries parfois encore que leurs pauvres corps ? Alors j'ai prié Dieu comme on prie aux
heures des luttes du cœur ; je l'ai supplié de m'indiquer
le devoir ; quel qu'il fût, il m'eût été en ce moment plus
facile à remplir qu'à discerner. Je me suis décidée et
suis restée. Lorsque M. Brabant, qui connaissait mes per-
plexités, est revenu ce soir, je lui ai fait part de ma réso-

lution, il m'a serré les mains et m'a remerciée avec effusion.

La terreur qu'inspire le siége est grande ; j'ai entendu tous ceux, qui ont visité l'ambulance aujourd'hui, protester contre l'inutilité de la résistance et faire des vœux pour qu'en cas de sommation la ville se rendît tout de suite. Il ne se rencontre pas mal de gens qui redoutent moins l'arrivée des Prussiens, qu'ils ne montrent d'antipathie et de défiance à l'endroit des autorités républicaines. « Qu'ont-ils à perdre ? disait tantôt un bon gros bourgeois propriétaire, pendez tous ces républicains par les pieds, il ne tombera pas un sou de leur poche. »

Que cette nuit me semble longue ! Le caporal s'est enfin endormi, grâce à la potion opiacée que je lui ai donnée tantôt. Je viens d'apprendre par son voisin de lit que celui-ci est tout à la fois son parent et son ami, il a pour sa part une légère blessure à la jambe, les pieds meurtris et un commencement de pleurésie. Ces deux jeunes gens étaient étudiants à l'université de Paris. ils se sont engagés au mois d'août dernier dans le même régiment ; faits prisonniers tous les deux dans la même affaire, ils se sont évadés ensemble et réengagés ensuite. Au moment de retomber après la bataille de Saint-Quentin entre les mains des Prussiens, ils se sont résolûment jetés à la nage dans le canal ; un soldat de marine était avec eux ; celui-ci fut pris subitement d'un accès de découragement ; malgré les instances et les efforts de ses camarades, il s'est obstinément refusé à regagner la rive, et il s'est noyé. Le hasard seul a fait que les deux amis ont été transportés à la même ambulance, car au milieu du désordre de la retraite, les pauvres enfants, accablés par la souffrance, la fatigue et la fièvre, se sont trouvés séparés l'un de l'autre. Ils sont tombés où ? ils l'ignorent, ils ne savent pas davantage par qui ils ont été recueillis et amenés ici ; c'est encore le hasard qui me les a fait placer l'un à côté de l'autre.

On annonçait hier que le bombardement commencerait ce matin à cinq heures, il en est bientôt six.

Dimanche 22 janvier.

Je suis allée ce matin entendre la messe de six heures, à l'église Saint-Géry ; il y avait foule. Il m'a semblé n'avoir jamais vu prier des chrétiens avec autant de ferveur ; l'encombrement était grand autour des confessionnaux, et les communions très-nombreuses. Je pense que la frayeur ramenait là bien des âmes au souvenir de Dieu. Chaque fois qu'après avoir livré passage à quelque fidèle, la porte matelassée de l'église retombait lourdement, c'était chose curieuse à voir que le tressaillement qui se manifestait dans l'assistance : cela ressemblait à une commotion électrique, chacun croyait sûrement à la chute d'une bombe. A onze heures, un officier prussien s'est présenté aux portes de la ville en qualité de parlementaire ; on lui a bandé les yeux et il a été conduit à l'hôtel de ville. Il venait sommer la ville de se rendre ; en cas de refus, le bombardement commencerait deux heures plus tard. La réponse a été fière : « Cambrai a des vivres et des munitions ; avant de se rendre, la ville aura brûlé la dernière cartouche de son dernier fusil. » L'arrivée du parlementaire avait rassemblé sur la grand'place une foule énorme de curieux. L'officier reconduit jusqu'aux portes de la ville et la réponse connue, la panique est devenue générale. Les obus et les bombes lancés ces derniers jours n'ont été, à vrai dire, que des projectiles envoyés par des

pièces de campagne et destinés à effrayer la population ;
aujourd'hui les choses changent d'aspect, et l'arrivée du
parlementaire ne permet plus de douter des intentions
sérieusement hostiles des Prussiens à l'égard de Cambrai.
Bientôt des proclamations, des avertissements émanant de
la sous-préfecture et de la mairie sont placardés sur toutes
les murailles. Le sous-préfet annonce que Gambetta est à
Lille, et qu'il lui télégraphie pour recommander la défense à outrance. Le sous-préfet ajoute que son ami Wil-
fried de Fonvielle lui écrit de Calais qu'il arrive de Lon-
dres ; l'opinion publique s'émeut en Angleterre ; tout y
fait espérer une prochaine intervention en faveur de la
France. Le Maire invite ses concitoyens à ne plus sortir
de chez eux sans nécessité. En prévision du prochain
bombardement, il les engage à ne laisser dans leurs greniers ni foin, ni paille, ni matières inflammables et à se
munir aux divers étages de leurs maisons, de baquets
d'eau, afin d'éteindre promptement les commencements
d'incendie.

L'intendant militaire nous a priées de prendre les dispositions nécessaires pour mettre nos pensionnaires à
l'abri du danger, auquel est exposé le Musée par sa situation et son élévation. J'ai fait, avec l'architecte de la ville,
la visite des caves de cet établissement ; elles sont nombreuses et spacieuses. L'architecte m'a indiqué celles qui
présentent le plus de sécurité, à cause de leurs issues
et de leurs voûtes ogivales. Nous y faisons étendre des
matelas ; nous nous approvisionnons de pain, de viandes
fraîches et salées, de vin, etc. L'écroulement du bâtiment
pouvant nous fermer les issues des caves, j'y fais descendre des pioches, des pelles et des marteaux. Je sortais
d'un de ces souterrains, lorsqu'en remontant dans la cour,
j'entendis un coup de canon, qui fut bientôt suivi d'un

sifflement étrange ; c'était un projectile qui passait dans les airs. Je vis alors une troupe de pigeons effrayés, tourbillonnant au-dessus de l'ambulance, dans laquelle ils semblaient chercher un asile. Je me disais que l'instinct de la conservation servait bien mal en ce moment les pauvres volatiles ; s'ils pénétraient chez nous, je les descendrais aussi dans la cave, non pour les sauver, mais pour les faire aller grossir, tout vivants, nos provisions de siége.

Les coups de canon, que l'on tire à chaque instant des remparts de la ville, soit pour détruire les ouvrages des assiégeants, soit pour tenir à distance les patrouilles des uhlans, impressionnent péniblement nos malades. Plusieurs d'entre eux sont si meurtris, si affaiblis par la fatigue et la souffrance, qu'ils tremblent à la pensée de devoir quitter leur lit pour être transportés dans les souterrains ; ils nous supplient de ne point les remuer, quoi qu'il arrive. D'autres éprouvent une sorte d'angoisse pénible à constater ; ce canon leur rappelle les horreurs de la lutte, ce sont surtout les fiévreux.

La soirée est venue, le bombardement n'a pas sérieusement commencé. MM. les Prussiens ne sont pas de parole. Je voudrais qu'il eût lieu tout de suite. L'anxiété dans laquelle on vit ici, en attendant d'heure en heure la catastrophe, est des plus pénibles ; il est à croire pourtant que cette attente se prolongera pendant quelques jours encore, quoi qu'en disent les autorités et leurs proclamations. J'ai été témoin des préparatifs du siége de Thionville, et quelle que soit la diligence qu'y aient mise les Prussiens, il leur a fallu plus de huit jours pour investir cette place, bien moins fortifiée que celle de Cambrai. Je faisais ce soir cette remarque à deux visiteurs de notre ambulance, qui paraissaient très-effrayés ; ils me firent

7

une foule de questions au sujet des exigences d'un siége. Comme je m'apercevais que leur confiance dans ma science militaire prenait certaine consistance, je rassurai de mon mieux ces braves gens, en leur laissant entrevoir qu'au point où en est la guerre, gagner du temps était une chose précieuse. Tout en causant de parallèles, de batteries et de tranchées avec l'aplomb d'un Capitaine d'artillerie, je me suis surprise à songer au général Boum de la *Grande-Duchesse*, et, ma foi, j'ai presque ri. Dieu sait pourtant que je n'ai guère envie de rire. Je songe sans cesse à mes chers absents inquiets pour moi, et autour de moi je ne vois que souffrances et misères, je n'entends que des gémissements.

M^me Boniface a voulu nous avoir à dîner chez elle, ce soir. La digne aïeule est enchantée de son petit-fils, orphelin de sa mère qu'elle remplace, autant qu'il est possible de remplacer une mère. Marcel a douze ans ; on lui a proposé ce matin de le conduire en Belgique ; l'enfant a répondu fièrement que quitter sa patrie et sa grand'mère au moment du danger serait une lâcheté, et qu'il ne la commettrait pas.

Lundi 23 janvier.

Rien n'est changé dans la situation. Le canon de la place se fait entendre de temps en temps ; mais aucun obus ne tombe plus dans la ville. Ce matin nouvel émoi dans la population : un second parlementaire est venu, envoyé cette fois par le prince Albert. Il réclamait l'échange d'un prisonnier prussien, blessé et détenu à l'hôpital militaire. Ce prisonnier, fils d'un riche banquier de Berlin, servait parmi les uhlans. Tombé récemment dans un poste français, il fut atteint d'un coup de revolver à la poitrine et transporté à l'hôpital militaire de Cambrai où il resta détenu, malgré les démarches réitérées de son père. Situé à l'extrémité de la ville et presque au sommet de ses remparts, l'hôpital, tout peuplé en ce moment de varioleux et de typhoïdes, se trouve à l'endroit de la ville le plus exposé aux bombes prussiennes. On a répondu au parlementaire que le prisonnier ne serait pas échangé, et qu'en cas de bombardement, il resterait logé à l'étage supérieur de l'hôpital. L'intérêt, que le prince semble porter au jeune Max Abel, paraît aux yeux des Cambraisiens une chose bonne à exploiter au profit de leur propre sécurité. Les uns prétendent que le jeune homme est un fils du roi de Prusse, d'autres que le banquier Abel a prêté des sommes d'argent importantes à des princes allemands belligérants ; d'autres encore disent que Max Abel est filleul de la reine Augusta, à la protection de laquelle ses parents ont fait appel. La Reine, en bonne marraine, aurait fait réclamer par le prince Albert son téméraire filleul. C'est à cette circonstance que l'on attribue ici le retard apporté au bombardement ; peut-être même, se dit-on, grâce à la présence du précieux prisonnier, n'aura-t-il pas lieu du tout La population ne s'en montre pas moins fort perplexe ; et des fenêtres mêmes de l'ambulance, nous pouvons voir quelques gens prudentissimes qui, pour atténuer probablement la chûte des projectiles qui ne tombent pas encore, traversent la rue portant des cousins sur leurs têtes.

Quelques dames courageuses, qui n'ont pas voulu quitter leur père ou leur mari à l'heure du danger, sont venues visiter aujourd'hui l'ambulance et y apporter, pour nous, des paroles de sympathie et de reconnaissance, et pour nos pensionnaires, du vin, des fruits, des gâteaux, du chocolat, du tabac; grâce à elles, nous ne manquons de rien pour notre hôpital. Tous nos pauvres blessés souffrent beaucoup; il est ordinaire qu'au bout de quelques jours, des abcès se déclarent à la suite de contusions ou de meurtrissures. Il faut prévenir les accidents qui en peuvent résulter par des soins minutieux et réitérés; c'est à peine si nous trouvons le temps nécessaire pour tout cela, et malheureusement, les événements qui se préparent empêcheront l'arrivée de nos compagnes. Que deviendrions-nous si le nombre de nos blessés augmentait encore? A chaque jour suffit sa peine, dit l'Écriture. Ici le jour ne suffit déjà plus à la peine.

Comprend-on qu'à cette heure, on ne sache pas encore ici, d'une manière positive, s'il est vrai que les Prussiens élèvent des batteries! Le Commandant *** est venu tout à l'heure visiter quelques hommes de sa compagnie que nous soignons. Il avait été envoyé hier soir en reconnaissance; mais d'un côté opposé à celui de Masnières, il n'a rien vu... il faisait nuit et les Prussiens ne sont pas dans cette direction. Ces fameux diables feront, paraît-il, bien plus de peur que de mal aux Cambraisiens.

Il règne dans les mouvements des troupes françaises un grand désarroi. Des bataillons de ligne et des compagnies de chasseurs ont quitté Cambrai en hâte ces jours-ci pour Douai. A peine arrivés, ils ont reçu l'ordre de rentrer ici; tous ces soldats sont exténués et incapables de tout service. Le général Faidherbe veut réorganiser son armée, dit-on. Les officiers et les soldats, que nous voyons ici, doutent que cela soit possible, vu le grand nombre de pertes récentes et le découragement général.

Mardi 24 janvier.

On dit que les Prussiens ont quitté Masnières; des campagnards qui ont traversé ce village affirment n'avoir vu sur leur passage ni soldats, ni travaux. Or pas de batteries, pas de siége. Dieu soit loué! Voici qu'il nous est arrivé une bonne fortune : deux Sœurs de charité qui dirigent un asile d'enfants dans le faubourg, s'étaient réfugiées en ville par crainte des Prussiens ; elles se sont offertes pour nous aider à soigner nos blessés. Nous avons accepté leurs offres avec empressement. Quelques soldats recueillis d'abord par des habitants de la ville et dont les blessures, qui s'étaient envenimées, réclamaient des soins spéciaux, sont venus grossir encore le nombre de nos pensionnaires et porter à plus de soixante le total des pansements quotidiens ; je n'y suffisais plus. Mⁱⁱᵉ Nyssens était, de son côté, si absorbée par les détails de l'économat et par les soins à donner aux malades que ses forces n'eussent pas tardé ici, comme à Sarrebrück, à trahir son courage.

J'ai reçu aujourd'hui plusieurs lettres. M. le banquier Abel de Berlin et deux de ses amis me prient, avec instance, de réclamer le transfert du fameux prisonnier dans notre ambulance. Je ne le demanderai pas, tant je suis sûre de ne pas l'obtenir. J'ai envoyé dès ce soir, par courrier, une lettre à M. le ministre de Prusse à Bruxelles, je le prie de faire rassurer la famille de Max Abel. Je m'engage à la tenir au courant de ce qui se passera et à entourer le prisonnier de tous les soins nécessaires, si, toutefois, l'autorité militaire veut bien me le permettre.

Mercredi 25 janvier.

Le général Siatelli m'autorise à visiter Max Abel qui continue à être avec le bombardement, auquel on persiste à croire, l'objet de toutes les conversations. Cependant je ne puis voir le prisonnier qu'en présence d'un officier de la garnison et je dois m'engager à ne lui parler qu'en français. J'ai trouvé ce jeune homme en assez bonne santé ; la balle a été aisément extraite de sa blessure qui est en voie de guérison. Toutefois, depuis quelques jours, le prisonnier blessé est en proie à une sorte de nostalgie qui le rend très-malheureux. Il se loue beaucoup des soins qu'il reçoit, il ne manque de rien ; mais toujours dominé par son idée fixe, il m'a suppliée à diverses reprises de faire des démarches afin d'obtenir sa mise en liberté. Ma visite ayant paru lui faire grand plaisir, je lui ai promis de revenir le voir tous les jours. Le chirurgien-major Allaire, qui m'accompagnait, est plein de sollicitude pour le prisonnier et adoucit sa captivité par tous les moyens qui sont en son pouvoir.

Nous avons à l'ambulance deux blessés couchés en face l'un de l'autre. Tous les deux ont eu des doigts enlevés à la main droite par des éclats d'obus et la gravité de ces blessures les menace d'une amputation de la main. Ils sont doux et patients, et leur histoire est également intéressante. L'un est du Nord, il est marié ; il y a six mois qu'il a quitté sa femme pour reprendre service ; un enfant lui est né depuis son départ, peut-être ne le verra-t-il jamais, car son état donne de grandes inquiétudes,... il connaît le danger de sa position et se préoccupe de la misère qui menace sa jeune famille. L'autre est Provençal ; il est fiancé à une cousine qu'il semble aimer de toute la force de son âme ; son souvenir ne le quitte jamais ; déjà plusieurs fois, il m'a entretenue de *Elle*, il ne l'appelle pas autrement. Ce pauvre garçon est si naïf, si confiant ! Ce matin, cédant à un instant de découragement, il s'apitoyait sur la perte probable de sa main, puis tout à coup la confiance en *Elle* reprit le dessus et il me dit en souriant à travers des larmes que lui arrachait la souffrance : « Bah ! je lui ai donné tout mon cœur, elle me prêtera bien sa main droite. »

Tout à l'heure on m'a avertie que des Messieurs arrivés de Belgique me demandaient, c'était M. Benjamin Crombez et un membre du Comité du pain de Bruxelles, en tournée d'exploration dans le Nord pour y répandre des secours en argent et en nature. L'arrivée de ces Messieurs a été pour moi l'occasion d'une joie réelle. Ces huit jours derniers s'étaient trouvés remplis par tant d'émotions et de péripéties, que la vue de mes compatriotes fut comme un rayon de sérénité qui me venait de Belgique à travers la sombre atmosphère dans laquelle nous vivons ici. Je me hâtai de conduire M. Crombez auprès du petit caporal, comme on appelle ici ce jeune malade qui a plus de cinq pieds de haut. A maintes reprises, celui-ci m'avait parlé des personnes de la famille Crombez qu'il avait connues, disait-il, à Paris. M. Crombez s'est chargé de faire parvenir aux parents du jeune homme, qui habitent un département envahi, des nouvelles de notre malade ; le caporal est en bonne voie de guérison, grâce à la saignée et au calme que réclamait sa surexcitation cérébrale.

26 janvier, jeudi.

Ce matin, en rentrant à l'ambulance, je reçus du Secrétaire général de la Croix-Rouge, à Bruxelles, un télégramme ainsi conçu : *On ira chercher Abel demain, prenez vos dispositions.* Ce télégramme était pour moi une véritable énigme et me contrariait fort. Je savais qu'on ne relâcherait à aucun prix le jeune prisonnier, et je regrettais, et pour lui et pour moi, qu'en ces moments de panique où la justice et le bon sens ne sont pas précisément à l'ordre du jour, on mêlât mon nom à un incident qui grandit ici, de jour en jour, en importance ridicule. Je jetai avec quelque impatience la dépêche sur ma table et bientôt, tout à ma besogne, je n'y pensais plus, lorsqu'on vint m'avertir que M. le sous-préfet demandait à me parler. Je le fis prier d'entrer à l'ambulance. Ce fonctionnaire venait m'entretenir de Max Abel au sujet duquel j'avais reçu un télégramme. La population cambraisienne avait appris qu'on essayait de faire relâcher le prisonnier et s'en montrait fort émue. Des groupes de femmes s'étaient rendus à l'hôtel de ville ce matin pour demander que l'on mît un poste de gardes nationaux à l'hôpital militaire. Mon nom était mêlé à tout cela ; on disait que j'étais une Prussienne déguisée, venue à Cambrai pour délivrer le précieux otage. Bref, M. le sous-préfet me prévenait obligeamment que si je retournais à l'hôpital où se trouvait Abel, il ne répondait pas que je ne fusse sur mon chemin

insultée, maltraitée peut-être par Mesdames les Cambrai-
siennes. Je remerciai M. le sous-préfet ; mais ne lui fis
point l'éloge de la discrétion du service télégraphique. Il
me reprocha de ne lui avoir point communiqué le fameux
télégramme que je venais de recevoir et qui provoquait
tout ce tapage. Oh ! comme en ce moment, j'avais envie de
le questionner un peu au sujet de l'intervention prochaine
des Anglais, annoncée dans sa proclamation de dimanche
dernier à la suite d'un télégramme. Mon rôle actuel de
Sœur de charité internationale me défendant toute malice
de ce genre, je n'en fis rien. La forme républicaine, grave
et austère en elle-même, répudie le système des fausses
dépêches et des illusions trompeuses ; j'aurais voulu lui
en faire la remarque.

Depuis quelques jours, nous recevons fréquemment la
visite de parents affligés, à la recherche de leurs fils dis-
parus depuis la bataille de Saint-Quentin. On souffre au
récit de leurs tourments. Quel supplice ! Ignorer le sort
de son enfant, mort peut-être, blessé, souffrant à quelque
distance du foyer paternel, et ne pouvoir ni le voir, ni le
soigner ! Oh ! je voudrais aller à Saint-Quentin ! J'essaye-
rais d'y retrouver et d'en ramener quelques-uns de ces infortunés dont à tout hasard je prends les noms.

On m'objecte que la garnison française étant prisonnière à Saint-Quentin, les Prussiens n'en laisseront pas
sortir les soldats légèrement blessés, que l'interruption
dans le service du chemin de fer ne permettrait pas de
transporter les grands blessés par la voie de terre, à
cause de la longueur et de la difficulté de la route
dépavée et défoncée en beaucoup d'endroits ; enfin,
aucun des Messieurs auxquels je m'adresse ne se montre

7.

disposé à faire ce trajet à travers les troupes prussiennes. De plus, l'accumulation des blessés dans Saint-Quentin doit nuire à leur guérison. Cette ville, prise et reprise, que l'on dit avoir tant souffert pendant la guerre, manque peut-être de ressources suffisantes. Je me souviens de la misère qui décimait les ambulances de Metz quelques jours après sa reddition. Nous avons quarante lits vides ici; peut-être en manque-t-on là-bas. Je sais que lady Pigot a vu dimanche à Lille le général Faidherbe qui l'a fort engagée à conduire son ambulance à Saint-Quentin, où les blessés sont nombreux.

La famille de M$^{lle}$ Nysseus n'exige pas son retour immédiat dans sa maison de commerce; elle disposera de quelques jours encore au profit de ses chers protégés.

On m'annonce une visite.....

Vendredi 27 janvier.

C'était M. Rey, docteur italien attaché aux ambulances de Bruxelles. Il était envoyé par M. le banquier Abel, que déjà il avait accompagné ici, au commencement de la détention de son fils. Je me hâtai de lui raconter l'incident du matin et le suppliai de quitter au plus vite Cambrai. Toutes ces démarches, surtout ces télégrammes et ces lettres, dont les employés partagent les confidences, ne servent qu'à aggraver la position du prisonnier, et en me compromettant inutilement, à rendre plus difficile la mission de sollicitude que je continuerai, malgré tout, à remplir, parce que je l'ai acceptée. Le docteur m'a remis, de la part de M. Abel, 500 francs destinés aux blessés de notre ambulance; le banquier

voulait reconnaître ainsi, disait-il, l'intérêt que je portais
à son fils et disposer en sa faveur la population qui lui
était hostile. J'appris au docteur que, quoique le général
en chef eût autorisé l'échange du prisonnier, le Commandant de la ville, craignant une effervescence populaire,
s'y refusait énergiquement... Après lui avoir donné quelques détails qui devaient engager à la prudence tous
ceux qui s'intéressaient à Max Abel et à moi-même, j'obtins
du docteur qu'il s'éloignerait le soir même, et qu'on s'en
remettrait dorénavant à moi pour tout ce qui concernait
les intérêts du prisonnier.

..... J'ai rencontré tantôt chez M$^{me}$ X..., deux jeunes
officiers dont le langage m'a péniblement impressionnée.
Certes, j'éprouve la plus vive sympathie pour tout soldat
vaincu joignant, au courage militaire trahi, le courage de
la justice et de la vérité. Malgré leurs légitimes exigences, ce courage-là n'altère, en aucune sorte, le courage militaire et le vrai patriotisme. Je m'incline avec
respect devant tout malheur supporté sans faiblesse ;
mais je me trouve peu tolérante à l'égard de la jactance,
et quand je rencontre celle-ci doublée d'ignorance volontaire, ma foi, j'éprouve quelque difficulté à ne pas m'emporter un peu. Aux yeux d'un certain nombre de Français, les Prussiens sont des barbares, des sauvages, une
horde de brutes et de voleurs qui ont vaincu l'armée
française, le moyen de le nier ? mais par le nombre seulement. Or, ils comptent pour rien l'instruction, la discipline, le degré de moralité de cette armée qu'attaquait
étourdiment cette autre armée, dans laquelle l'indiscipline des soldats, l'incapacité d'un grand nombre d'officiers, l'insuffisance et les malversations de l'intendance
n'ont été que trop souvent mises en évidence pendant
cette guerre... En vain ai-je essayé de soulever un peu le

voile. Selon ces Messieurs, la France toujours grande et généreuse n'avait eu en vue, en commençant cette guerre, que la délivrance des peuples allemands annexés ou menacés d'annexion à la Prusse, et l'intérêt de la civilisation qu'ils disaient y être à l'état d'enfance. A l'état d'enfance, bon Dieu! cette Allemagne à qui l'Europe doit la liberté de conscience! Le monde : le progrès de la science moderne, tant de chefs-d'œuvre de l'esprit et de l'art, Kant, Schiller et Gœthe! Ne dites donc pas que les Allemands sont des brutes. Voleurs? Il leur est arrivé quelquefois d'emporter, en quittant vos maisons, des pendules, des pianos, des objets d'étagères, des robes de femmes et des jouets d'enfants, et je suis d'avis que dans tous les pays et dans toutes les langues du monde, cela s'appelle prendre le bien d'autrui ou voler... Mais de grâce, Messieurs, un peu d'indulgence! Est-ce que les Allemands et nous Belges, ne nous rappelons-nous pas avoir ouï dire qu'à la fin du siècle dernier, les Généraux de la République française et plus tard ceux de Bonaparte dépouillèrent nos musées, nos églises de leurs chefs-d'œuvre artistiques pour en enrichir le Louvre et leurs propres galeries? Que font donc en France aujourd'hui ces Prussiens, que vous n'ayez fait vous-mêmes en Prusse, en Belgique, en Hollande, en Espagne, en Chine et ailleurs? Certes, quelles que soient les mains qui commettent ces délits, ils n'en sont pas moins blâmables, autant que regrettables. Ces déprédations laissent, dans la mémoire des générations, de longues traces de rancune et de haine. Le souvenir des vexations individuelles se perpétue longtemps dans les familles, où bien souvent même, il l'emporte sur celui des événements politiques les plus considérables. Certes, l'histoire du perroquet de mon aïeule jeté sur ses meubles amassés et brûlés devant son hôtel à Gand, par les patriotes belges de 1789, et le récit de l'insolence de ce Prussien entrant, monté sur son cheval, dans le salon du Comte de Bueren, le vieil ami de ma famille, m'impressionnaient plus vivement que la narration de la révolution brabançonne et celle de l'invasion de 1815, et pendant mon enfance et un peu de ma jeunesse, je conservai une rancune traditionnelle contre tout homme se disant patriote et contre tout Prussien. Peut-être qu'en emportant tous ces objets aujourd'hui, les Allemands s'y croient autorisés par l'exemple que leur donnèrent, jadis chez eux, les conquérants français. J'entendais parler ce soir de revanche et de vengeance. Mais non ! Sedan doit faire oublier Iéna. De vengeance en revanche, de revanche en vengeance, ce serait donc la guerre à perpétuité? On traitait aussi de monstres, les Allemands qui bombardent les villes fortifiées. Mais permettez, Messieurs, vous étiez trente mille Français le 2 août dernier devant Sarrebrück, petite ville ouverte, occupée par 500 hommes de garnison allemande et vous la bombardiez!... C'était le premier acte de cette tragédie sanglante qui n'est pas terminée encore, et vous le représentiez là, à grand orchestre de mitrailleuses, afin d'amuser et d'instruire dans l'art de la destruction un enfant, le fils de celui dont le trône, s'étant trouvé tout à coup ébranlé, réclamait alors pour renfort le prestige de quelques victoires achetées au prix de monceaux de cadavres. Encore une fois, tout cela, ce sont des actes de brigandages, de quelque part qu'ils viennent; mais brigandages légitimés, si vous le voulez, par ce qu'on est convenu d'appeler les lois de la guerre. Vouloir éclairer malgré eux des gens qui ne veulent pas voir, eût été perdre mon temps. Je suis rentrée, j'ai écrit, je vais dormir... Non, j'écris encore, je me sens troublée. Cette conversation m'a émue. Ces Messieurs auront peut-être supposé que j'éprouvais plus de sympathie pour la Prusse que pour leur patrie que j'aime sincèrement et que je préfère, je crois bien, à tout autre pays qui n'est pas le mien. Mais il est assez ordinaire qu'un tiers, survenant dans une querelle et ne prenant pas énergiquement parti pour l'un des contestants, en accablant l'autre, les mécontente tous les deux.

Je n'ai pourtant, ni incriminé, ni atténué ce soir aucune chose avec prévention. Je crois n'avoir été que juste à l'égard de ces deux belles et grandes nations qui se calomnient et se déchirent encore, à la suite de vieilles rancunes toujours exploitées par l'intérêt personnel et l'ambition, ou de vieux préjugés de races tout à fait surannés, aujourd'hui que les intérêts scientifiques, artistiques, industriels, économiques surtout, se rencontrent et se confondent dans des expositions, dans des entreprises et dans des sociétés dites internationales. Est-ce que la société de charité internationale de secours aux blessés n'est pas elle-même une protestation éloquente du sens humain de la France et de l'Allemagne contre l'instinct brutal qui les pousse à mutiler et à exterminer leurs propres enfants, alors que de l'union harmonique de ces nations riches de facultés si diverses et si fécondes, sortirait à coup sûr la civilisation la plus élevée. Je me rappelle avoir lu un jour que la France occupe dans le monde, la place que tient la femme dans la société. « Mais » ajoutait l'auteur, Louis Pfau dans son *Étude sur l'Art*, » si la France a les qualités de la femme, le dévouement, » l'amabilité, le bon sens pratique, la délicatesse et la » générosité du sentiment, elle en a aussi les défauts et les » faiblesses, la légèreté, la vanité, l'inconstance. »

On appelle à juste titre la France le cœur du monde ; l'Allemagne avec ses mâles facultés, sa puissance de lo-

gique, la force de sa volonté, sa méthode et sa science
n'en est-elle pas la tête? Voici que je me rappelle l'histoire
d'un mariage conclu légèrement, brisé violemment et
renoué passionnément. La femme était spirituelle, jolie,
impressionnable, vive, un peu frivole, bonne, coquette,
mais sage (une vraie Parisienne). Le mari froid, grave,
sérieux, savant, un peu rude, mais bon, un vrai Prussien
ce mari-là. Mariés jeunes, et plutôt par convenance que
par inclination, ils ne remarquèrent d'abord qu'une seule
chose qu'ils ne se pardonnèrent pas : c'était, chez l'un,
des dispositions, des tendances, des goûts qui n'existaient
pas chez l'autre, et réciproquement. La gravité de Monsieur qui recherchait les choses sérieuses et la gaieté de
Madame qui aimait le plaisir, dans certaines mesures
toutefois, leur firent prendre le change sur leur valeur réelle et mutuelle. Ignorant peut-être que l'harmonie
naît des contrastes, les qualités de l'un prirent, aux yeux
de l'autre, l'apparence et les proportions d'un défaut; de
là des malentendus, des querelles, des orages aboutissant
à un divorce pour incompatibilité d'humeur. Plus tard
l'expérience amena la réflexion et celle-ci les regrets. On
oublia les causes du divorce pour n'en sentir que les
inconvénients, et un jour vint que cet homme et cette
femme, faits pour s'aimer et se compléter, rendus au sentiment de la justice, éprouvèrent l'un pour l'autre, quoique
séparés, les atteintes de l'amour. Dès lors ils ne s'occu-
pèrent qu'à trouver le moyen de renouer le lien brisé
légalement; ce fut long, difficile ; mais ils y parvinrent.
L'histoire ajoute que les enfants nés de cette réconciliation
furent beaux, intelligents et vertueux.

Aimable et spirituelle France, grave et savante Allemagne, ne serait-ce pas là aussi votre histoire ?

Samedi 29 janvier.

Ce matin, à l'ambulance, on m'annonça un employé de la sous-préfecture. Encore ! M. le sous-préfet désirait savoir : 1° où le docteur Rey était descendu la veille ; 2° s'il était reparti. Je répondis avec un peu d'humeur que je n'en savais rien. « Le docteur n'a-t-il pas couché à l'ambulance ? me dit l'employé. » « Le docteur n'est ni malade, ni bless`, lui dis-je, et nous n'admettons personne à loger ici. » « Mais dans les combles ? » riposta-t-il d'un air mystérieux. J'avoue que ce mot mit un terme à ma patience et je le congédiai en le chargeant de prier M. le sous-préfet de venir me questionner lui-même s'il avait quelque temps à perdre.

De pauvres parents sont venus aujourd'hui encore nous parler en pleurant de leurs enfants blessés ou prisonniers à Saint-Quentin. Leur affliction m'a décidée : je partirai seule, et ma foi, si les Prussiens confisquent la voiture et les chevaux qui m'y conduiront, j'essayerai de les leur racheter.

Les Sœurs de charité sont parfaites d'intelligence et de dévouement. Elles rendent d'excellents services à nos pensionnaires ; elles me promettent de suppléer de leur mieux à mon absence ; leur bon cœur leur fait plaider chaudement la cause de toutes ces pauvres mères.

Il y a chez nos blessés un mouvement marqué vers l'amélioration ; je pense que nous devons ici en général le succès du traitement suivi, d'abord au système de ventilation qui, bien établi dans ce beau vaisseau d'église, contribue à nous donner la condition la plus favorable à la guérison des blessures; ensuite aux bains émollients alternant avec les cataplasmes fréquemment renouvelés. Nous constatons avec bonheur que l'état de nos deux plus grands blessés, dont j'ai déjà parlé, perd chaque jour du caractère de gravité qui nous alarmait. M^{lle} Nyssens a eu la bonne pensée d'organiser, parmi nous et les visiteurs de l'ambulance, une petite souscription en faveur de la famille du blessé du Nord; j'ai écrit à la fiancée du Provençal; si tous deux recevaient bientôt des nouvelles de celles qu'ils aiment, leur contentement serait grand et leur convalescence plus hâtive peut-être. Que ne peut la satisfaction du cœur!

Dimanche 30 janvier.

Encore un incident à ajouter à l'histoire de Max Abel. M. De Try, le chef de la famille dans laquelle nous logeons, avait été désigné pour faire partie du poste qui gardait cette nuit l'hôpital militaire. Plus habitué à manier le violoncelle que le chassepot, notre hôte a trouvé bon d'abandonner son fusil dans le corridor et de s'en aller causer d'opéras et de musique avec le prisonnier. La patrouille est venue, a trouvé le fusil tout seul et le garde national avec Max Abel. Voilà M. De Try traduit de ce chef devant un conseil de discipline. On m'a prévenue que je suis placée sous la surveillance de la haute police et cela ne m'étonne pas; il semble que tous et tout conspirent pour me compromettre davantage aux yeux d'une population dominée en ce moment par la terreur.

On dit qu'après la dernière sortie de Paris, qui a été malheureuse pour les Français, un armistice a été proposé. Cette nouvelle est accueillie avec une grande joie par les pensionnaires de l'ambulance. Leur lassitude de la guerre est générale ; tous nous disent que depuis plusieurs semaines, l'armée était découragée, sans confiance dans ses chefs, sans espoir dans le succès. Leurs récriminations contre les officiers sont violentes ; ils les accusent sans cesse d'ignorance dans le métier de la guerre, d'insouciance et d'incurie à l'égard des soldats. Toutefois de ce chœur de récriminations acerbes, j'excepte les blessés appartenant au 20e bataillon des chasseurs. Ceux-ci proclament qu'ils avaient un fameux chef, ils racontent de lui des hauts faits de courage et de sang-froid ; aussi lorsque le Commandant *** vient les visiter, ils reçoivent avec une sorte de fierté satisfaite les marques de son intérêt. Ici, comme à Metz, comme en Allemagne, nous entendons formuler par les soldats de vives plaintes au sujet de l'intendance française. Ces soldats nous disent à quelles affreuses privations les soumettait parfois l'incurie de cette administration. Que de fois un jeûne prolongé a précédé et suivi pour eux la bataille ! Ils citent les endroits où, arrivant affamés, exténués, ils ne trouvaient que des tas de pains moisis ou gelés. Et les chaussures de carton ! Nous avons pu nous convaincre, le jour de la déroute de l'armée du Nord, de leur mauvaise qualité par l'état dans lequel se trouvaient tous ces pauvres mobiles. Nous avons ici un certain nombre de blessés qui, ayant de plus les pieds déchirés par l'abandon de leurs souliers, seront longtemps encore hors d'état de marcher.

Nous avons reçu aujourd'hui la visite de deux membres du Comité anglais de secours aux blessés. Ils ont pris note du genre de vêtements et des comestibles qui nous seraient utiles. Dès demain nous recevrons des bas, des gilets, des couvertures de laine, des vins de Porto, de Sherry et de Madère, du Liebig et des viandes conservées ; toutes choses excellentes, qui contribueront au bien-être et au rétablissement de nos blessés, car la disposition à l'anémie est à combattre chez la plupart d'entre eux.

Je partirai demain matin pour Saint-Quentin ; le temps, qui s'est remis à la gelée, sera favorable à mon voyage ; le terrain durci permettra à la voiture de passer aux endroits où la route est défoncée.

Mercredi 31 janvier.

Je reprends mon journal interrompu depuis dimanche ; j'étais si fatiguée en rentrant hier soir de Saint-Quentin, qu'il m'a été impossible d'écrire. Mon expédition a réussi ; j'ai ramené vingt-deux soldats blessés ou malades appartenant à peu près tous à ce département.

J'étais partie lundi de bon matin dans une affreuse voiture, à laquelle j'ai fait attacher le drapeau de la Croix-Rouge. M. l'Ingénieur en chef avait eu l'obligeance de me faire accompagner par un employé qui a pris place sur le siége ; M^me Boniface, toujours bonne et prévoyante, avait fait mettre dans la voiture, au moment de mon départ, quelques provisions et un tabouret à boîte contenant de l'eau chaude. J'avoue qu'en franchissant les fortifications de cette ville, dans laquelle je m'étais résolûment résignée, il y a quelques jours, à me laisser enfermer en cas de siége, j'éprouvais un vif sentiment de bien-être. Depuis dix jours, nous n'avions guère respiré d'autre air que celui de l'ambulance où nous passons toute la journée et parfois la nuit.

Malgré le froid très-vif de la matinée, je baissai la glace de la voiture et aspirai l'air pur et la liberté à pleins poumons et à cœur ouvert ; cela me paraissait si bon de me retrouver tout à coup, après ces journées d'agitations, dans cette campagne calme et toute blanchie par la neige ; arrachée, du moins pour quelques heures, au spectacle de la douleur et de la misère, délivrée de l'oppression que m'avait causée la crainte du blocus et du bombardement. Je passai sans trop de difficultés aux endroits d'où l'on avait enlevé les pavés, afin de retarder le passage de l'artillerie prussienne. A deux lieues de Cambrai, je rencontrai des uhlans qui me jetèrent de *gut morgen* (bonjours), je leur en envoyai aussi. Jusqu'à Saint-Quentin, je vis, presque à chaque pas, des soldats prussiens ; à diverses reprises aussi, j'aperçus, se dirigeant vers des fermes, des chariots escortés de militaires qui s'en allaient en réquisition. Le long de la route, presque toutes les maisons isolées étaient vides. Les rares campagnards qui s'y montraient avaient l'air si tristes, si découragés, et le spectacle de mendiants et d'enfants de guenillés, courant à côté de la voiture en demandant l'aumône, se répétait si fréquemment, que mes dispositions sereines ne tardèrent pas à s'en ressentir. Arrivée à Châtelet, je descendis de voiture, pendant que mes hardelles se rafraîchissaient ; je me vis aussitôt entourée de soldats prussiens, désireux d'apprendre quelque nouvelle concernant la conclusion de l'armistice. Je le leur donnai comme à peu près certain et devant commencer, disait on, ce jour-là même. Ce fut pour eux l'occasion d'une grande joie. Eux aussi se disaient fatigués de la guerre, préférant leur rapatriement à tout surcroît de victoire.

L'auberge étant pleine de soldats qui mangeaient, buvaient, fumaient et causaient très-bruyamment, je ne m'y arrêtai pas et me décidai à marcher, après avoir prévenu le cocher qu'il eut à me rejoindre sur la route.

A quelques pas de là, une bonne surprise m'attendait : je vis venir à moi un officier prussien que je connaissais, l'ayant rencontré à Sarrebrück, où maintes fois nous nous étions retrouvés à la table d'hôte de l'hôtel Guepratte. Après les exclamations de surprise et l'échange ordinaire des phrases de politesse, cet officier s'empressa de me donner, pour le succès de ma petite entreprise, toutes les indications nécessaires. Il s'émerveillait fort du hasard de notre seconde rencontre pendant la guerre. Je lui racontai toutes nos émotions éprouvées à Cambrai, à la suite de l'envoi du parlementaire et de la chute des bombes. L'officier m'assura que les Prussiens n'avaient jamais eu l'intention bien sérieuse de faire le siége de Cambrai. Que ne l'avions-nous su plus tôt! Il m'engagea à m'arrêter au village suivant, où je trouverais un Général, que j'avais vu aussi à Sarrebrück, et qui me donnerait à coup sûr, si je le désirais, disait-il, pour le Général commandant à Saint-Quentin, une lettre de recommandation. Je serrai la main de l'obligeant Commandant, remontai en voiture et en redescendis bientôt à Billecourt. Le Général m'y accueillit avec grande courtoisie et s'empressa de me remettre quelques lignes pour le général Zur Lippe.

J'allais être dispensée ainsi d'exhiber, en arrivant, mes fameux certificats que j'avais par précaution mis dans ma poche, souhaitant toutefois de n'avoir pas à les en retirer.

J'arrivai à Saint-Quentin vers deux heures. Les rues et la place regorgent de soldats allemands; la plupart des maisons bourgeoises sont vides et portent des écriteaux annonçant leur mise en vente ou en location ; c'est, je pense, une ruse des locataires ou des propriétaires absents, pour être dispensés des logements militaires. Les magasins n'ont pas d'étalage. Sur les portes des maisons habitées, l'on a inscrit à la craie le nombre d'hommes et de chevaux que les habitants hébergent. Devant le gothique hôtel de ville, gardé par un poste nombreux, les armes sont rangées en faisceaux ; une vingtaine de chariots attelés stationnent sur la grand'place, prêts à aller fourrager dans les fermes des environs, sur l'ordre de l'intendance prussienne. Quelques façades de maisons portent les traces des obus qui tombèrent dans la ville pendant la bataille du 19 ; beaucoup de cheminées sont abattues. Sans perdre de temps, je me fis conduire chez le général Zur Lippe, qui me reçut à merveille et chargea un de ses officiers d'ordonnance de m'aplanir les voies. J'eus à voir d'abord le Commandant de place, installé à l'hôtel de la sous-préfecture, puis le chef du service sanitaire, le docteur saxon Houtman, qui confirma mes conjectures à l'égard du grand nombre de blessés encombrant la ville, et des inconvénients qui résultaient pour eux de cette agglomération. Des bourgeois de Saint-Quentin, obéissant à leurs inspirations généreuses, avaient largement ouvert les portes de leurs maisons aux soldats français blessés ; mais cette circonstance ne les avait pas dispensés de loger des soldats allemands. La mortalité était grande surtout parmi les blessés français. Les Allemands occupaient les hôpitaux sédentaires.

Les ambulances étaient nombreuses dans la ville, le drapeau de la Croix-Rouge flottait sur presque toutes les maisons habitées. Le docteur me félicita d'être venue et me donna l'assurance que rien ne s'opposerait à ce que j'emmenasse hors de la ville un grand nombre de blessés français, *nos prisonniers de guerre*, ajouta-t-il, en insistant sur cette dénomination. Mais, Monsieur le docteur, lui dis-je, un peu troublée par ces derniers mots, je suis une infirmière, jamais je ne saurais être une geôlière. Il me prit les deux mains; avec quel air de charmante bonté, il dit alors : « Nous savons ce que vos compagnes et vous avez fait en Allemagne pour nos compatriotes, nous voulons le reconnaître aujourd'hui en vous confiant des Français malheureux; rendez leur d'abord la santé, vous leur donnerez ensuite la liberté. » Ces bonnes paroles me rendaient tout heureuse; je me représentai le bonheur qu'éprouveraient ces pauvres mères si tristes aujourd'hui, et auxquelles, revenue à Cambrai, j'allais pouvoir dire dès demain : « Voici les enfants que vous croyiez perdus, venez dorénavant nous aider à les soigner. »

Le docteur Houtman me promit pour le lendemain les chariots, les matelas et les laissez-passer nécessaires au voyage. Ne pouvant emmener qu'un certain nombre de blessés, équivalant à celui de nos lits inoccupés, et désirant prendre d'abord les enfants de Cambrai, j'avais un choix à faire dans les ambulances de la ville. Le docteur m'engagea à m'adresser à M. ***, riche industriel de Saint-Quentin, chargé par l'autorité prussienne de l'intendance du service des blessés français. Je me fis conduire chez lui. A ma grande surprise, j'y trouvai Mme Meeus et sa compagne, son aumônier et ses chirurgiens. Après un voyage de dix jours et les péripéties les plus diverses, ma compatriote avait vu partout repousser ses offres de services, ou en avait elle-même reconnu l'inutilité; elle était venue par Luxembourg, Metz, Nancy, Reims, Villers-Cotterets, Ham et Compiègne, aboutir à

Saint-Quentin où la besogne ne lui manquerait pas. Mais de nouvelles épreuves y attendaient la persévérance de la courageuse infirmière.

J'exposai à M. *** le but de mon voyage et le résultat de mes premières démarches. Quels mots trouverai-je pour rendre à peu près l'effet que me fit la réponse de ce Monsieur? La plupart des blessés, disait-il, n'étaient pas transportables. Hélas, ce n'était que trop vrai! Quant aux autres, pourquoi les déranger? Le nombre n'en était pas grand, et tout était là pour le mieux. J'abrégeai ma visite, j'étais stupéfaite. M^me Meeus sortit avec moi et me pria d'aller visiter ensemble, à quelques pas de là, le local que M. *** lui offrait pour y installer une ambulance, au service de laquelle elle amenait deux chirurgiens, deux aides, un aumônier, son dévouement et celui d'une de ses amies. Elle apportait en outre une somme de quelques mille francs. Voici ce qu'était le local que M. *** mettait à sa disposition : c'était dans une salle de sa fabrique, située au premier étage, et occupée déjà par plus de quatre-vingts blessés, un coin pouvant contenir environ une vingtaine de lits. L'odeur que répandait une rangée de latrines ouvrant sur cette partie de la salle, et l'agglomération des patients, parmi lesquels se trouvaient un certain nombre d'amputés, eurent rendu cette installation affreusement pernicieuse pour les blessés et pour les personnes qui se dévoueraient à les soigner. Je suppliai M^me Meeus, et ses chirurgiens firent comme moi, de n'accepter ni ce coin, ni l'étage supérieur, celui-ci très-bas et recevant par l'ouverture béante de l'escalier les émanations fétides de la grande salle, et celles non moins malsaines qu'y envoyait le rez-de-chaussée, converti en buanderie et en dépôt de linges et de matelas salis.

Une vingtaine de blessés recueillis par les petites

sœurs des pauvres, un peu au détriment de leurs pensionnaires habituels, devaient être confiés à M<sup>me</sup> Meeus,
en quête d'un local. Je la quittai, nous promettant de
nous retrouver pendant la soirée.

Rendue à moi-même, tout au sentiment de ma décep-
tion, je me hâtai d'aller retrouver le docteur saxon. Entre
l'assertion de cet ennemi des Français, qui s'était montré
si bienveillant pour leurs blessés et pour moi-même, et
celle du protecteur naturel de ces malheureux qui venait
de refuser, poliment il est vrai, mais pas amicalement du
tout, mes offres de services, il y avait une différence telle,
que tout autre, moins intéressé même que moi dans
l'affaire, devait avoir à cœur d'en connaître la raison.
M. Houtman se montra fort touché de ma peine; mais pas
surpris du tout. Il fut sévère dans l'appréciation de ce fait.
Le docteur m'apprit que lady Pigot, arrivée ici depuis
quelques jours, n'avait pas réussi non plus à y faire agréer
encore ses services. Son expérience, son dévouement,
son influence auprès du Comité anglais si riche et si généreux à l'égard des blessés, aurait dû pourtant engager
M. *** à ne point faire si bon marché de ses bonnes dispositions. Le docteur me dit qu'il ne dépendait certes
que de lui de me faire remettre les blessés que je désigne-
rais; mais par déférence pour M. ***, il m'engageait à me
rendre à l'hôtel de ville où siégeait une commission
municipale française, à laquelle je m'adresserais. J'y
allai, accompagnée d'un sergent qu'il détacha de son
cabinet, j'exposai à ces Messieurs, qui me reçurent très-
courtoisement, le but de mon voyage à Saint-Quentin et
le résultat infructueux de ma dernière démarche. M. ***
devait, me dirent-ils, se rendre parmi eux dans quelques
instants.

Le docteur saxon m'attendait à l'hôtel. Il me proposa

8

d'aller à tout hasard, et en attendant le résultat de cette tentative, choisir parmi les soldats convalescents ou peu blessés recueillis à l'Hôtel-Dieu, ceux qu'il me conviendrait d'emmener le lendemain.

Je suivis son avis et en désignai dix-sept de Cambrai ou des environs de cette ville. En apprenant leur prochain départ, tous témoignèrent la plus vive joie.

A peine étais-je rentrée dans mon appartement que l'on m'annonça la visite de M. ..... Comment avait-il pu perdre de vue en me recevant tout à l'heure, me dit-il, une ambulance où 80 blessés transportables se trouvaient dans des conditions peu favorables à leur rétablissement. Il m'offrit alors et j'acceptai d'emmener le lendemain une quarantaine de ces blessés ; j'annonçai mon intention de faire prendre successivement les autres.

Je n'ai pu dormir cette nuit ; lorsque mes nerfs surexcités par la fatigue et les émotions de la veille commençaient à se calmer un peu, le vacarme qu'on faisait à l'hôtel me tenait éveillée. Il est encombré d'officiers allemands. A peine les derniers rentrés s'étaient-ils couchés, que les premiers couchés se levaient déjà. Je ne sais s'il faut attribuer à la satisfaction de leur orgueil national, ou à l'extrême solidité de leurs chaussures, l'aplomb de leur démarche si pesamment bruyante ; mais à maintes reprises cette nuit j'ai cru entendre s'effondrer l'escalier ou voir descendre dans ma chambre l'étage supérieur.

Il faisait à peine jour qu'une excellente musique militaire s'est fait entendre sur la place. Je me surpris à pleurer. J'éprouvais alors tout ce que devait ressentir, en entendant ces accents de joie et de triomphe, si peu en harmonie avec ses sentiments, cette population affligée et humiliée, et j'en voulais aux Allemands de lui infliger cette sorte de supplice. J'ai entendu, il est vrai, de divers côtés, que

l'on ne se plaint pas ici des procédés des vainqueurs ; il
n'y a eu, à la suite de leur victoire, ni violences, ni rapines;
tandis qu'à Saint-Quentin, comme à Cambrai et ailleurs,
on ne se loue pas beaucoup de certains corps de mobiles,
à cause de leurs exigences ou des dégâts qu'ils commettaient chez les particuliers qui les logeaient.

Je me levai et me hâtai, selon nos conventions, d'aller
revoir le docteur saxon, afin de prendre avec lui des
dispositions pour le départ. M^me Meeus, jugeant que la
protection de M. Houtman aurait pu être également favorable au succès de sa charitable entreprise, m'avait priée
de la mettre en rapport avec lui ; nous nous y rendîmes
ensemble.

En rentrant à l'hôtel et traversant la place, je fus bien
surprise d'entendre les exclamations d'un soldat prussien
qui, se posant devant moi et joignant les mains, s'écriait
à plusieurs reprises : *Ach gnädige Frau Baronin ! Liebe
Mutter !* (Ah ! M^me la Baronne ! Chère Mère !) Puis
s'adressant à ses camarades groupés autour de nous, il
leur dit avec animation, qu'atteint du typhus au siége de
Metz, il avait été transporté à Sarrebrück et soigné dans
notre ambulance. Il avait pris tant d'enbonpoint, malgré
les fatigues de la campagne, que j'eus quelque peine d'a-
bord à le reconnaître. Il s'appelait Clementz ; notre bonne
demoiselle Rothermel lui avait, pendant plus d'un mois,
prodigué des soins auxquels il avait dû, disait-il, le retour à la santé. Ce brave garçon sollicita la permission de
rester avec moi jusqu'au moment de mon départ ; j'y con-
sentis bien volontiers.

La voiture et deux chariots m'attendaient à l'Hôtel-
Dieu. Je fis monter quelques fiévreux dans la calèche et
disposai le plus convenablement possible une vingtaine de
blessés dans les chariots attelés de quatre vigoureux

chevaux de ferme. Le retard apporté dans la délivrance des billets de sortie d'hôpital et la nécessité d'arriver avant la nuit à Cambrai me forcèrent de confier, à un aide-chirurgien de l'ambulance de Saint-Omer, le soin de m'amener les autres.

Un incident pénible se produisit au moment de notre départ. Deux officiers blessés, qui espéraient être du voyage et échapper ainsi à tout danger de captivité, apprirent au moment de monter en voiture que l'ordre d'empêcher leur départ était arrivé. Le comptable de l'hôpital avait eu la maladresse de signaler leur grade à l'autorité prussienne, alors qu'il eût suffi d'indiquer leurs noms. L'autorisation qui m'avait été accordée ne mentionnait que des soldats. Leur affliction était navrante; touchée de leur peine, je leur promis de revenir et d'essayer de les emmener, dès que les chemins de fer qui relient Saint-Quentin à Cambrai reprendront leur service.

Nous avons fait bon voyage; les chariots suivaient la voiture. Arrivés au Châtelet, j'ai distribué, à mes compagnons de route, du pain, de la viande froide et du vin. Ils étaient si heureux d'aller retrouver leurs familles et de n'avoir plus à craindre d'être emmenés prisonniers en Allemagne! Quelques-uns eussent volontiers chanté pendant le voyage, si je ne les en avais empêchés à cause des Prussiens qui sillonnaient la route.

Arrêtés devant l'auberge du Châtelet, nos équipages se trouvèrent bientôt entourés par les habitants du village. Mon cocher, aux yeux duquel mon importance avait singulièrement grandi depuis la veille, par la circonstance de l'enlèvement des blessés français, s'en allait dans les groupes, disant mon nom, ma nationalité, mes occupations à Cambrai, et annonçait en termes emphatiques que ce transport de blessés en précédait bien d'autres. Bref.

il fit si bel et bien que son enthousiasme se communiquant à son auditoire, les femmes surtout me firent une véritable ovation, à laquelle les plus valides de mes compagnons de route mêlèrent leurs hourras. Je parvins, non sans peine, à calmer tout ce monde, et à faire remonter au plus vite sur son siége le loquace automédon.

Avec quel bonheur je retrouvai notre ambulance! Tout y allait bien, une bonne fortune y était survenue. L'excellent M. Goris était arrivé la veille et il nous resterait. M<sup>lle</sup> Louise Nyssens, de Bruxelles, l'avait accompagné et nous donnerait quelques jours de bons services; les colis envoyés par le Comité de secours de Bruxelles au Comité de Cambrai étaient également parvenus à leur destination. Nous nous trouverons maintenant riches de secours personnels, et bien pourvus de ressources. Les nouveaux blessés arrivés ont été promptement réconfortés et casés dans les lits qui leur étaient destinés. J'attends ce soir l'arrivée d'un second transport de blessés venant de Saint-Quentin.

Parmi les lettres arrivées de Bruxelles ce matin, j'en reçois une que m'écrivait à la mi-janvier l'un de nos soldats français, emmenés prisonniers en Hanovre, au moment de notre départ de Sarrebrück. Ce pauvre garçon me dit que deux de ses compagnons d'infortune, ayant été trouvés nantis des petits trousseaux de linge que nous leur avions remis, ont été accusés d'avoir dérobé ces objets, ils ont été de ce chef victimes de mauvais traitements. Il redoute le même sort et me prie de lui envoyer en toute hâte une attestation indiquant la provenance de ces vêtements. Cette lettre m'a fort émue.

Jeudi 2 février.

Il était onze heures du soir lorsque M. Cousin, escortant les blessés, est arrivé hier à l'ambulance ; quelques-uns des nouveaux venus sont assez gravement atteints ; tous étaient très-fatigués ; le départ n'avait pas eu lieu avec la même célérité que celui de la veille, et les stations des cochers aux cabarets le long de la route avaient été plus fréquentes et plus longues. Quelques parents avertis ce matin sont accourus à l'ambulance. Quelles joies et quelles tristesses ! Revoir le fils qu'on a cru mort ! Mais le retrouver mutilé ou estropié !

J'ai ramené avant-hier de Saint-Quentin un jeune soldat natif de Metz. Sa frayeur de retomber entre les mains des Allemands était grande et m'avait déterminée à l'emmener tout de suite. Ce soldat a dix-neuf ans, il s'est évadé de chez ses parents, pour n'être pas sujet prussien. Cette espèce de chérubin au repos, d'une nature qui paraît douce et bonne, devient un vrai diable lorsqu'il songe aux malheurs de sa patrie ; il rugit alors et se désespère de n'être pas mort en la défendant. Il jure qu'il n'entrera pas à Metz, tant que les ennemis y seront. J'oserais être sa caution. Une balle lui a déchiré la poitrine. Ange et diable, n'est-ce pas tout l'homme ? Selon que domine l'une ou l'autre nature, l'homme est un criminel ou un saint ; je crois qu'en s'équilibrant elles produisent de braves gens et surtout de bons patriotes.

Les dames de Cambrai se montrent toujours charmantes pour nous et continuent de nous seconder de leur mieux par les bons services qu'elles nous rendent

et par l'abondance de leurs dons. M<sup>mes</sup> Brabant, Boniface, Viart, de Chauny, Delcourt, De Try, Minangoy, la
Comtesse de Casa Bianca font à l'ambulance de fréquentes
visites ; elles distraient nos pensionnaires et leur apportent des objets de vêtements et toute sorte de friandises.

Le général Siatelli est venu ce matin et nous a témoigné sa reconnaissance pour les soins que reçoivent ici les
victimes de la guerre. Le général Chazal, gouverneur militaire de Bruxelles et oncle de M<sup>me</sup> Siatelli, avait eu
la bonté de me recommander à sa bienveillance toute
particulière, et cette protection eût pu me devenir très-
utile, si l'armistice n'était venu mettre un terme favorable à l'incident Abel. Le jeune prisonnier, qu'un système de surveillance vexatoire et de jour et de nuit
n'exposait à rien moins qu'à une maladie cérébrale, vient,
sur les instances du docteur Allaire, d'être extrait de sa
prison ; il est confié aux soins d'un particulier de la ville
qui s'est engagé sur l'honneur à le retenir chez lui, jusqu'au moment de son transfert à Lille où il sera prochainement échangé contre un officier français.

Le nombre de nos lits occupés maintenant s'élève à
quatre-vingt-quinze. M. Goris nous rend de grands services : il aide aux pansements toute la journée, s'occupe de
la pharmacie et, comme à Sarrebrück, donne, en cas de
nécessité, un coup de main à tous ceux qui le réclament.
Cet excellent homme a consenti, à ma prière, à coucher
dans la petite salle réservée aux malades. Il surveille
mieux ainsi le service de nuit fait par des mobiles, infirmiers improvisés qui satisfont tant bien que mal aux exigences du métier. J'en excepte toutefois un seul qui s'appelle Auguste, et dont le dévouement si intelligent et si
complet est au-dessus de tout éloge.

Jusqu'à présent ni décès, ni amputations à l'ambulance;

pourtant plusieurs de nos blessés paraissaient, immédiatement après la bataille, condamnés à subir de graves opérations ; heureusement elles ont été ajournées et il n'en est plus question. Nous avons ainsi conservé des bras, des mains, des doigts, que nous aimons comme s'ils nous appartenaient.

Vendredi 3 février.

Un de mes amis de Paris, M. Bourguin, traitant de l'utilité des animaux, dit que si certains insectes, qu'il est de bon goût de ne pas nommer, servaient seulement à convaincre les hommes de la nécessité de la propreté, afin de se débarrasser d'eux, par cela seul ils leur rendraient grand service. Cette remarque ingénieuse ne trouve pas son application dans notre ambulance où la tolérance des soldats à l'égard de ces rongeurs dépasse toute limite. La plupart des lits et des vêtements en fourmillent. Il faut attribuer à cette malpropreté les cas assez nombreux de gale que nous avons rencontrés ici et à Metz.

Serait-il difficile d'introduire chez les soldats des règlements prescrivant certains soins de propreté réclamés, tout à la fois, par la bonne hygiène et le respect de soi-même? Les lois de la conscription, enlevant l'homme à sa famille, à son travail, à sa liberté, sont par elles-mêmes assez rigoureuses pour qu'il soit du devoir des gouvernements d'en indemniser les victimes en leur donnant, dans toutes les limites du possible, l'instruction qui leur fait défaut, des notions de moralité qu'ils n'ont pas, des habitudes d'ordre et de propreté qui leur manquent, toutes choses qui tourneraient au profit de leurs familles et d'eúx-mêmes. La fréquence des changements de garnison ou de campement provoque, chez le soldat en campagne, la présence de la vermine; mais nos malades allemands à Sarrebrück s'étaient trouvés dans les mêmes conditions, et en établissant un parallèle entre les soldats des deux armées, nous trouvons que les Allemands l'emportent sous le rapport de la propreté, des soins du corps et de la tenue.

Ce soir, au moment où l'obligeant M. Cousin venait prendre congé de moi, un petit Monsieur, aux allures très-vives, a fait brusquement irruption dans mon appartement. Il venait me prier d'admettre dans notre ambulance, pour cette nuit seulement, une dizaine de blessés qu'il emmenait à *****. Il eût fallu pour cela réveiller nos malades dont le sommeil avait été si troublé la veille par les arrivants de Saint-Quentin; de plus, notre bon M. Goris, qui avait veillé toute la nuit dernière et une grande partie de la précédente, était couché déjà, et sa présence était nécessaire pour cette installation. J'ai justifié mon refus, en apparence peu hospitalier, en donnant à cet impétueux visiteur l'assurance qu'il trouverait, à l'ambulance du grand séminaire, un nombre suffisant de lits disponibles. Le petit Monsieur s'est montré tout mécontent et m'a lancé, en sortant certaine apostrophe qui n'était pas empruntée, faut-il le dire? au dictionnaire de la charité.

Samedi 4 février.

Aujourd'hui la sœur Eugène m'a fait observer que nous manquerions bientôt de bas et de mouchoirs et

8.

aussi de rhum et de sucre pour nos tisanes alcoolisées qui continuent à faire ici, comme à Metz, merveille sur les tempéraments débiles des blessés. « Ma bonne sœur, lui ai-je dit, je vais en avertir le bon Dieu, il nous enverra tout cela ! » Presque aussitôt M. Crépin, un brave et digne industriel de Cambrai, est venu visiter l'ambulance qui lui doit déjà des secours de toute nature, je lui ai raconté notre détresse. Deux heures plus tard, nous recevions les vêtements et les objets nécessaires, un immense pain de sucre et une belle dame-jeanne toute pleine de rhum. La Sœur n'était pas étonnée du tout ; elle dit que les choses se passent toujours ainsi, quand on a une robuste foi en Dieu. Je le crois comme elle : ici comme à Metz encore, toujours le secours nous arrive lorsque nous craignons la misère... Dieu bénit notre ambulance et le bon M. Crépin la protége aussi. Avec quelle bonne grâce, l'excellent homme fait le bien ! Quand il donne, il paraît bien plus heureux encore que celui qui reçoit. Cette disposition est propre aux âmes vraiment charitables.

Quelques cas d'hérysipèle à la tête, assez graves, se sont déclarés parmi nos blessés, deux d'entre eux sont complétement méconnaissables. La bonne demoiselle Louise les soigne avec une sollicitude toute maternelle. L'un de nos chirurgiens me disait tantôt que l'apparition de cette maladie pourrait bien précéder celle de la pourriture d'hôpital ; le mot m'a épouvantée. J'ai encore présents à la mémoire les effets produits à Metz par ce triste et hideux fléau. Au risque de provoquer des rhumes, nous allons faire fonctionner plus que d'habitude les ventilateurs, l'aération étant le meilleur des préservatifs. Nous avons soin aussi de ne pas laisser, dans les coins de la salle, les lits des blessés dont les plaies suppurent ; le parquet dallé, aspergé deux fois le jour avec de l'eau

phéniquée, est en outre fréquemment lavé à grande eau
de savon; la blanchisserie de M. Brabant nous en envoie
journellement plusieurs tonnes. Le linge de corps et celui
des lits sont renouvelés aussi souvent que le permettent
les ressources de la lingerie ; les ablutions quotidiennes
sont d'ordonnance pour tous les pensionnaires et un barbier veille journellement au soin et à la propreté des
barbes et des chevelures.

Nos convalescents ont l'autorisation de se promener en
ville tous les jours, de deux à quatre heures ; au moment
fixé pour la rentrée, je fais l'appel. Il faut que tout le monde
soit présent à l'ambulance, pour les pansements qui pré-
cèdent le souper. Les manquements sont punis d'un ou
de deux jours de privation de sortie. Le hasard a fait que
ce soir, deux soldats, s'appelant l'un Leroy, l'autre Lem-
pereur, ont manqué à l'appel, ils seront en retenue
demain. A cette occasion un plaisant de l'ambulance a
fait la remarque qu'ici les Majestés sont punies comme
de simples soldats.

Dimanche 5 février.

Chaque dimanche l'abbé M., aumônier de notre ambulance dit la messe à l'autel du chœur de la grande salle.
Les membres du Comité de secours, leurs dames et d'autres personnes de la ville y assistent. Les blessés convalescents s'agenouillent autour du grillage, je me tiens au
milieu d'eux et leur lis à haute voix les prières ordinaires,
y intercalant quelques aspirations religieuses appro-
priées à leur situation actuelle. Tous assistent avec recueillement à cette cérémonie. J'ai introduit ici aussi la cou-

tume de réciter matin et soir une courte prière. Parfois pendant le déjeuner, je fais, à tous nos grands enfants réunis autour d'une longue table, une petite causerie sur tel ou tel devoir pratique; ils aiment, disent-ils, ces petits sermons. En général tous ces soldats sont doux et convenables et très-serviables les uns à l'égard des autres; ils savent que nous ne tolérons ni jurons, ni propos grossiers, et il m'a suffi de faire une seule fois une remontrance au sujet d'un blasphème, pour que le cas ne se soit plus représenté. Ce matin à la messe, M. l'aumônier, qui est connu comme un profond théologien, a pris, pour sujet de son allocution, la dignité de l'origine de l'homme; c'était une thèse un peu bien savante pour son auditoire. Il a cru devoir combattre cette opinion récente qui fait provenir l'homme du singe. Un de nos lettrés de l'ambulance, et ils y sont rares et pas savants du tout, est venu plus tard m'entretenir de cette hypothèse toute nouvelle pour lui : le singe père de l'humanité ! Eh bien! il ne s'en trouve pas offusqué du tout. Il n'est pas éloigné de croire que certains nègres qu'il a vus pendant son séjour en Afrique et auxquels il ne parvient pas à accorder le titre d'homme, forment un intermédiaire entre certains singes et lui-même. Or, comme il tient le père Adam en grande mésestime à cause du péché qui nous a valu, entre autres misères, toutes celles qu'amène la guerre, il en arrive tout simplement à conclure, comme Carl Vogt, à la fin de ses Leçons sur l'homme, qu'il aimerait mieux après tout être un singe perfectionné qu'un Adam dégénéré. Notre bon abbé avait bien besoin de toucher à ces choses-là...

Chaque dimanche, nous organisons, après le repas du midi, une partie de loto à laquelle prennent part autour de la table une quarantaine de nos pensionnaires. L'une de nous nomme les numéros. L'enjeu consiste en porte-monnaie-, pipes, brosses, peignes, cannes, briquettes de savon de toilette que nous leur offrons. Chaque joueur gagne; le plus favorisé a le choix de l'objet qu'il préfère. Il est bien entendu que nos pauvres alités sont intéressés aussi par personnes interposées dans la partie. La récréation se termine par la distribution d'un excellent punch que nous devons à la libéralité de M. Crépin. C'est le régal du dimanche.

Ce soir au moment de rentrer, j'ai reçu la visite d'un Père Mariste de Valenciennes qu'accompagnait un respectable Conseiller de la cour d'appel de Douai. Ces Messieurs ont organisé dans leurs villes respectives des ambulances, auxquelles les blessés seuls manquent encore. En vain le Père Mariste s'était il rendu deux fois à Saint-Quentin, il n'avait réussi à se faire remettre ni malades, ni blessés ; et pourtant Dieu sait s'ils s'y trouvaient en grand nombre ! Ces Messieurs, ayant connu le succès de mon expédition, venaient me supplier de vouloir bien les accompagner demain à Saint-Quentin, afin de les aider à obtenir la remise des blessés appartenant à leurs villes. J'ai essayé de leur persuader qu'il leur suffirait de se réclamer de moi auprès du docteur saxon Houtman pour réussir, puisque j'avais droit encore à un certain nombre ; j'appris par eux que le général Zur Lippe et le docteur saxon avaient quitté Saint-Quentin. Alors j'ai allégué, mais en vain, l'excitation nerveuse que je ressens depuis quelques jours ; le Conseiller a préconisé le changement d'air comme moyen souverain de calmer mes nerfs ; l'abbé m'a promis toutes ses prières. J'ai dû céder, surtout lorsque M. Hattu, le zélé secrétaire du Comité de secours de Cambrai, joignant ses instances à celles de ces Messieurs, est venu lever mes scrupules au sujet du surcroît de be-

sogne que mon départ donnerait à mes compagnes; il
m'a avertie que, dès demain, une trentaine de nos pensionnaires seraient renvoyés en congé de convalescence,
soit aux dépôts de leurs régiments, soit dans leurs familles. Le chemin de fer ne transporte pas encore les
voyageurs à Saint-Quentin; il faudra reprendre la voiture.

Mardi 7 février.

Bon voyage et bon retour! En arrivant à Saint-
Quentin où nous accompagnait M<sup>lle</sup> De Try, j'ai conduit
ces Messieurs chez Monsieur le fabricant déjà cité, parce
qu'il faut, outre l'autorisation des Prussiens, le consente-
ment de ce Monsieur pour le transport des blessés français. « Combien Madame veut-elle emmener de blessés? »
me dit-il. J'en réclamai quarante pour Cambrai, soixante
pour Douai, autant pour Valenciennes. Monsieur *** n'a
fait cette fois aucune objection, il a maintenant de ma té-
nacité l'opinion qu'il en faut avoir. Je m'empressai d'aller
à l'Hôtel-Dieu prévenir de mon arrivée les deux officiers
prisonniers; on les chercha en vain dans tout l'établissement. Ce jour-là même, ils avaient pris la fuite sous un
déguisement. Je me rendis ensuite au faubourg Saint-
Jean où, m'avait-on dit, M<sup>me</sup> Meeus était parvenue à organiser son ambulance. La courageuse femme n'avait
trouvé pour l'installer qu'une salle de danse au fond d'une
cour encombrée de fumiers. M<sup>me</sup> Meeus et ses compagnons
avaient réussi à tirer promptement bon parti de ce local
malpropre, mal conditionné, dans lequel ils soignaient
nuit et jour une vingtaine de soldats, tous affreusement

blessés. La salle avait été blanchie à la chaux et la cour nettoyée; le drapeau belge flottait sur cette ambulance. J'y appris à mon grand regret, qu'accablée par les fatigues du voyage et les contrariétés de son installation, ma généreuse compatriote était tombée malade; je m'inquiétai fort pour elle en entendant dire que le domestique, qui l'avait accompagnée et qui l'aidait pour les soins donnés par elle aux blessés était atteint de la variole. Je trouvai M<sup>me</sup> Meeus couchée sur un lit de sangle, dans un chétif et humide logement que son abnégation lui avait fait préférer à tout autre, à cause du voisinage de ses protégés.

Je visitai ensuite plusieurs ambulances dans la ville. Quelques-uns de ces asiles établis dans de vastes locaux m'ont paru parfaitement tenus. Les maisons bourgeoises contiennent encore un grand nombre de blessés; en général, l'air est corrompu à l'intérieur et les conditions de ventilation peu favorables à la guérison des blessures. Il eût été à désirer qu'elles pussent être évacuées au plus vite.

Quel spectacle édifiant nous présenta au faubourg Saint-Lazare, l'habitation de M. Marin Briquet! Cette propriété, tout à la fois agricole et industrielle, située à l'extrémité de la ville, est voisine du champ de bataille. Les appartements, la salle à manger, la bibliothèque, le salon du joli castel y étaient convertis en chambres d'hôpital. A peine le propriétaire s'était-il réservé, pour lui et M. le chirurgien Castiaux, un petit refuge pour s'abriter. Nous trouvâmes dans une des chambres un tout jeune soldat amputé; le pauvre enfant agonisait entre son père et sa mère accourus auprès de lui le lendemain de la bataille.

Il fut convenu que dans l'intérêt de ces blessés, un peu pressés là les uns sur les autres, M. Briquet nous amènerait à Cambrai ceux du département du Nord, pour lesquels le transport ne présenterait pas d'inconvénient. Ce généreux industriel nous conduisit sur le champ de bataille et nous donna, sur les lieux mêmes du carnage, des renseignements sur la position et les évolutions des armées belligérantes. Posées à plus d'une lieue de distance les unes des autres, les pièces d'artillerie des armées ennemies avaient, cette fois encore, foudroyé des régiments entiers, sans que pendant le fort de la bataille les Français et les Prussiens aient même pu s'apercevoir. Voilà la guerre moderne! Si jadis, quelque chose a pu jamais ennoblir, jusqu'à certain point cet usage impie et barbare, c'étaient des actes de dévouement et d'intrépidité personnelle, des luttes d'homme à homme où chacun combattait l'adresse et la force individuelle, pour la défense de sa patrie ou pour le triomphe d'une conviction qu'il préférait à sa propre vie. Aujourd'hui, interrogez tous ces combattants, tous ces infortunés qui sont là souffrant, agonisant sur leur grabat; à peine un seul, sur dix qui l'ignorent, vous dira à sa manière le motif de cette guerre atroce, où les soldats, comparses bien plus qu'acteurs, n'ont servi, en se faisant écraser par les obus, qu'à faire constater la supériorité du canon Krupp et l'habileté de certains chefs passés maîtres dans la manœuvre de ces terribles engins.

Le Commandant de place, officier prussien, a bien voulu mettre à notre disposition pour le transport des blessés un train du chemin de fer pour le surlendemain. J'ai décidé M. l'abbé à rester à Saint-Quentin, afin de les accompagner; il me télégraphiera l'heure de son passage à la gare de Cambrai où nous recevrons ceux des blessés qui doivent s'y arrêter. J'avais hâte de rentrer à l'ambulance et j'ai préféré prendre, le jour même, la voie de terre avec Mˡˡᵉ De Try et M. le Conseiller de Douai. Malheureusement, la pluie et le dégel, survenus pendant la nuit, avaient rendu la route presque impraticable en certains endroits. Il y eut un moment où les chevaux s'étant embourbés jusqu'au poitrail, force nous fut de descendre de la voiture pour en alléger le poids ; des campagnards qui se trouvaient dans un champ voisin allèrent chercher des planches qu'ils nous jetèrent, et grâce auxquelles nous pûmes, non sans difficulté, rejoindre, après avoir traversé un fossé, un talus assez élevé. Nous marchions sur ce terrain glissant à la façon de certains pèlerins, faisant alternativement deux pas en avant et un autre en arrière et cela sous une pluie battante. Au bout d'un quart d'heure, qui nous parut long, nous rejoignîmes enfin la voiture sur le pavé, nos chevaux avaient fait pour cela de prodigieux efforts et nous quelques chutes qui n'ont pas toutefois altéré un seul instant notre bonne humeur.

J'ai retrouvé à mon retour une grande aggravation dans l'état d'un de nos blessés qui avait eu la cuisse fracassée par un éclat d'obus. Pendant quelque temps, nous avions pu constater une amélioration croissante dans la position de ce patient ; mais la suppuration étant devenue trop abondante, les chirurgiens redoutent pour lui une fin prochaine. Il a reçu ce soir les derniers sacrements.

Mercredi 8 février.

La France a élu aujourd'hui ses représentants chargés de choisir entre la paix ou une guerre à outrance. Nos pensionnaires ont rempli aussi ce devoir politique de l'élection. On nous avait envoyé ce matin, pour les leur remettre, des bulletins émanant de divers comités électoraux. Ils ne se sont préoccupés que d'une chose, à savoir lesquels de tous ces candidats semblaient le mieux disposés en faveur de la paix. Je leur dis à cet égard mon sentiment. Le nom de M. Brabant, que tous aiment et estiment pour sa sollicitude vraiment paternelle à l'égard de l'ambulance, se présentait naturellement ; un aussi brave homme ne pouvait figurer que sur la liste des pacifiques ; aussi, lorsque l'officier est arrivé tout à l'heure suivi de soldats chargés de recueillir les bulletins, l'unanimité des votes de l'ambulance s'est trouvée acquise à la liste des partisans de la paix.

N'est-ce pas ainsi que se passeront les choses aujourd'hui dans la majeure partie de la France ? Mais ce besoin généralement senti, de la paix, l'emportant sur toute autre aspiration politique, inspirera-t-il des choix à l'abri de toute réaction de l'opinion dans un avenir prochain ? Quoi qu'il en soit, nous constatons que tous nos pensionnaires ont éprouvé une grande satisfaction à s'acquitter du devoir de citoyens électeurs. Certes, à n'en juger que par ce qui s'est passé tantôt sous nos yeux, on pouvait dire que cette mise en pratique du suffrage universel était très-satisfaisante, et à le voir fonctionner ainsi, on serait tenté d'en être partisan. En y réfléchissant un peu, l'enthousiasme se modère. Si, en effet, l'élection d'aujourd'hui s'était faite sur une question moins actuelle pour nos blessés, comme le serait pour les gens de la campagne, par exemple, quelque grande réforme économique ou politique, ces soldats n'en auraient pas moins voté comme nous leur eussions dit de le faire, parce qu'ils ont tous plus de confiance dans notre jugement que dans le leur. Notre ambulance représentait une commune dans laquelle nous tenions la place, soit du curé, soit du maire, soit de quelque propriétaire influent.

Jeudi 9 février.

Notre pauvre agonisant est mort cette nuit ; **M.** Goris l'a assisté à ses derniers moments, l'a enseveli ensuite et l'a transporté dans la petite chambre disposée pour le recevoir. Chacune de nous est allée à diverses reprises, pendant la journée, visiter les dépouilles de la victime. Le pauvre enfant a souffert d'atroces douleurs avec une résignation angélique. Maintes fois, hier, nous lui entendîmes répéter à voix basse : Quel malheur ! quel malheur ! Sa longue barbe blonde, ses yeux bleus, son regard si doux et si triste, toute sa physionomie qui reflétait la souffrance et la résignation rappelaient des tableaux représentant l'agonie du Christ. Hier, il nous remercia avec émotion des soins que nous lui donnions et nous chargea de messages touchants pour ses parents, cultivateurs dans le Pas-de-Calais. Ils avaient été avertis déjà que leur fils se trouve parmi nous, atteint d'une blessure grave. M^lle Joséphine Nyssens a trouvé le temps de se faire la secrétaire des illettrés ; grâce à elle, bon nombre d'entre nos pensionnaires ont pu envoyer de leurs nouvelles à leurs familles et en recevoir à leur tour.

J'ai reçu, tout à l'heure, la visite du docteur De Smet Van Aeltert, d'Anvers, directeur et médecin en chef de l'ambulance que le Comité de la Croix-Rouge anversois a établie à Arras, dès la fin du mois de décembre, dans les locaux du séminaire. Disposant de sommes importantes, riche de ressources de toute nature, le Comité anversois, présidé par le général vicomte de Nieulant, a envoyé dans le Nord un personnel intelligent et expérimenté qui a rendu les meilleurs services pendant et après les dernières batailles livrées dans ces contrées. Aujourd'hui, plus de trois cents blessés ont été successivement recueillis, soignés, nourris et entretenus dans l'ambulance anversoise. M. le docteur De Smet d'Aeltert qui, à son retour de Belgique où il n'avait séjourné que peu d'heures, s'était détourné un peu de sa route pour venir à Cambrai prendre de mes nouvelles, a visité avec intérêt notre hôpital improvisé et a bien voulu y laisser en passant quelques bons conseils que je me suis hâtée de suivre dans l'intérêt de nos malades.

Vendredi 10 février.

Tous les candidats pacifiques l'ont emporté dans le département du Nord. M. Brabant est donc élu. Nous avons fêté ce succès du président du Comité de secours aux blessés par une distribution extra. Nous saisissons les moindres occasions pour distraire un peu nos convalescents souffrant, les uns de leurs blessures, les autres de l'éloignement de leur famille. La lecture pour eux n'est qu'une ressource exceptionnelle. La plupart ne savent pas lire ou lisent avec difficulté. Nous mettons à la disposition des soldats des damiers, des jeux de cartes ou de dominos, et, lorsque j'ai quelque loisir, j'en groupe un certain nombre autour de moi et je leur raconte des histoires tout en leur tricotant des chaussettes. Avec quelle attention ces grands enfants les écoutent ! Que de fois j'ai regretté que les chercheurs de méthodes pour l'enseignement populaire ne s'arrêtassent pas davantage à l'idée de provoquer, soit à la ville, soit à la campagne, des réunions où, par des récits en langage fort simple, l'on instruirait en les amusant ces auditoires populaires. L'expérience tentée pendant ces dernières années à Saint-Josse-ten-Noode, à Bruxelles, à Liége, à Verviers et ailleurs, par le moyen de soirées ou réunions populaires, a prouvé combien les classes ouvrières et même bourgeoises prennent intérêt et trouvent du plaisir à ce genre d'amusement instructif. Bien mieux que la lecture, la parole va à l'âme et s'incruste dans la mémoire.

Samedi 11 février.

Les nécessités de leur maison de commerce rappellent les demoiselles Nyssens à Bruxelles. Elles nous ont quittés aujourd'hui, emportant les bénédictions de tous ces infortunés auxquels elles ont prodigué leurs soins. Leur charité ingénieuse leur a suggéré le moyen d'atténuer un peu le chagrin que cause leur départ : chacun de nos pensionnaires a reçu d'elles, comme souvenir, un objet d'utilité ou d'agrément. Ces pauvres soldats se trouvent en général si dépourvus, par suite de la perte de leurs bagages ou par la privation de leur solde, qu'ils acceptent avec une joie d'enfant les moindres babioles.

L'excellente M<sup>me</sup> Bosquet est arrivée ce soir de Bruxelles, empressée de se rendre à mon appel; elle ressentait la nostalgie de l'ambulance, disait-elle; sachant par expérience tout le bien que l'on y peut faire, elle s'était résignée difficilement au repos auquel la fatigue l'avait condamnée pendant quelque temps, à son retour de Metz, où, pendant deux mois, elle avait rempli avec un si grand dévouement les fonctions d'infirmière volontaire à la caserne de l'artillerie.

M. l'abbé Touche, retenu à Saint-Quentin plus longtemps qu'il n'eût voulu, nous a amené aujourd'hui seulement une trentaine des blessés attendus. M. Briquet, de son côté, est arrivé ce soir avec quelques-uns de ceux qu'il avait recueillis chez lui ; le nombre des lits occupés à l'ambulance s'élève de nouveau à quatre-vingt-cinq. J'attends M^lle Teichman demain, la besogne est grande pour quatre infirmières, et c'est en vain que je réclame de M. l'Intendant des soldats intelligents de la garnison, pour nous aider dans le service des malades et la surveillance des convalescents. Il nous faudrait aussi, ne fût-ce qu'un sous-officier représentant ici l'autorité militaire qui veillât à l'exécution ponctuelle du règlement. M. l'Intendant se trouve dans l'impossibilité de satisfaire à ma demande, vu la désorganisation actuelle du service militaire. Or, nous sommes ici dans une place forte à laquelle M. Gambetta recommandait, il y a quinze jours, la résistance à outrance !

Dimanche 12 février.

Ce matin on m'a amené deux personnes qui demandaient à voir le blessé que nous avons perdu ; j'ai éprouvé une pénible émotion ; je croyais avoir devant moi les parents du pauvre soldat qu'on a enterré hier soir, c'étaient des amis de sa famille. Le père est malade ; la mère, en proie à d'affreux pressentiments et ne pouvant quitter son mari et sa ferme en ce moment, avait supplié de bons voisins d'aller chercher des nouvelles de leur fils. Quelle eût été sa douleur si parvenue au terme de cette longue route faite en grande partie à pied, elle eût trouvé vide le lit de son unique enfant ! Cette bonne mère envoyait à son fils une douzaine de pommes, un petit pot rempli de beurre et un peu de miel !

Hélas! je viens de lui renvoyer, de mon côté, les derniers adieux de son enfant mourant et les détails de sa fin toute chrétienne.

Lundi 13 février.

Grande nouvelle! *Elle* a écrit au Provençal, le bon garçon est fou de joie. Il m'a avoué que l'absence des nouvelles de sa cousine était pour lui un supplice, non qu'il doutât d'elle : « Je crois en son amour comme en Dieu le Père, disait-il ; mais, estropié comme je le suis, incapable de reprendre mon état de menuisier, pourrais-je m'étonner si son père s'opposait à notre mariage?» Une lettre de la cousine, dans laquelle la naïveté et la générosité des sentiments remplacent avantageusement les règles de l'art épistolaire et celles de la grammaire, est venue dissiper toutes ses inquiétudes. Voici l'analyse de cette touchante épître : « Nous avons été bien tristes
» en lisant la lettre de la Dame ; je voudrais être à
» sa place pour te soigner ; je pense toujours à ta pau-
» vre main et j'en rêve toutes les nuits. Quand tu n'auras
» plus de mal, je crois que je serai très-fière d'avoir pour
» futur mari, un homme qui s'est bien battu ; on ne
» pourra pas dire que tu as tourné le dos aux Prussiens.
» Je dis tous les soirs mon chapelet pour que la sainte
» Vierge te ramène. Demande à la bonne Dame qui te

» soigne d'écrire encore une fois à la maison. Quand le
» père voit que je pleure, il gronde ; mais lui, il a aussi de
» grosses larmes dans les yeux, quand nous parlons de
» toi. Il y a eu de l'ouvrage pour lui pendant tout l'hiver.
» Il me montrait l'autre jour une de nos poules, c'est la
» plus belle, nous la mangerons, dit-il, le jour que
» Joseph reviendra ; mais moi, je ne veux pas, je serai
» trop contente ce jour-là pour faire de la peine à quel-
» qu'un. »

Il y a dans cette lettre un passage qui rappelle la réponse de la princesse... à son fiancé, le prince de ... qui,
blessé, défiguré au siége de Sébastopol, lui renvoyait sa
promesse de mariage. « J'étais la fiancée d'un soldat, je
serai la femme d'un héros, lui répondit-elle, de quoi me
plaindrais-je ? »

La princesse et la pauvre fille avaient eu la même pensée ; toutes deux aimaient : or l'amour vrai est la source
des plus nobles sentiments.

M<sup>lle</sup> Constance Teichman est arrivée ce soir. Avec quel
bonheur j'ai revu ma chère compagne ! Ma première lettre
ne lui était pas parvenue, et tandis que je me morfondais
ici à l'attendre, elle, de son côté, s'étonnait de ne pas recevoir mon appel. Ma bonne Adèle Catteaux est retenue à
Anvers par des devoirs de famille. Oh ! l'excellente heure
passée ensemble ce soir, à échanger nos souvenirs et nos
regrets, et à nous réjouir de pouvoir, une fois encore, vivre
de cette vie de charité et d'affection. Certaines âmes d'élite
ont le privilége d'embaumer du parfum de leurs vertus
tout ce qui les entoure ; tout paraît plus beau, plus lumineux autour d'elles ; il semble qu'elles fassent rayonner
sur les autres cette sérénité qui est leur partage au milieu des épreuves de cette vie : ma sainte compagne pos-
sède cette grâce à un haut degré ; auprès d'elle on éprouve

l'amour du bien, et l'on se sent plus de force pour l'accomplir. Il y a la contagion du bien comme celle du mal.

Mardi 14 février.

Ma chère Constance approuve beaucoup l'organisation de notre ambulance où elle n'a pas tardé à rendre les meilleurs services; l'aspect, il est vrai, en est aussi satisfaisant que le comporte ce genre d'établissements. Dans le chœur huit lits entourent l'autel. Quatre rangées de vingt lits chacune sont disposées le long de la salle, laissant au centre l'espace suffisant pour y poser des tables autour desquelles prennent place, à l'heure des repas, ceux des blessés qui se lèvent et les convalescents; un peu plus loin se trouve une autre table couverte d'objets de pansements et de remèdes. De spacieuses armoires vitrées, qui contenaient jadis des collections d'histoire naturelle, se trouvent rangées au fond de la salle. Leurs parties supérieures nous servent à enfermer aussi le linge blanchi et les vêtements qu'il serait préférable de soustraire plus complétement aux émanations de l'hôpital; malheureusement toute autre place nous fait défaut. Le bas de ces armoires contient des vins fortifiants et d'autres ressources que nous devons à la générosité des particuliers de la ville et des comités de secours. J'ai confié, à un brave sergent blessé à la joue, les clefs et la direction de ce département; cette fonction lui a valu le surnom de Lingère de l'ambulance; il faudrait voir quel ordre il fait régner là dedans.

Nos pensionnaires reçoivent le matin du café au lait

9

sucré et du pain blanc; à midi, de la soupe grasse, du pain, des pommes de terre, du bœuf, du vin et parfois du fruit ou du dessert; le soir, des pommes de terre ou des haricots, ou bien encore une purée de pois, du pain et de la bière. Les malades et les grands blessés ont des aliments particuliers, selon les exigences de leur position; en général, tous se louent, on le croira sans peine, du régime de l'ambulance. L'intendance militaire ne nous délivre que les rations réglementaires fixées pour les malades à l'hôpital; celles-ci ne suffiraient pas aux besoins des blessés et des convalescents; les viandes de bœuf et de mouton conservées, le Liebig, les gelées de viande, les balles de café et de riz que nous ont envoyés le Comité anglais et le Comité du pain, établi à Bruxelles, et nos ressources particulières, grossies encore ces jours-ci par un don d'argent que me fait l'*Indépendance belge*, nous permettent de donner, largement à tous nos pensionnaires, le régime que réclament leur guérison et le retour de leurs forces.

Depuis la guérison des fiévreux, la petite salle est réservée spécialement aux sous-officiers blessés ou malades; une de nos sœurs de charité y a remplacé M<sup>lle</sup> Nyssens; M<sup>me</sup> Bosquet, M<sup>lle</sup> Teichman, la sœur Eugène et moi faisons le service de la grande salle.

Mercredi 15 février.

Parmi les arrivés de samedi soir se trouve un mobile qui, blessé légèrement à la jambe, n'en souffre plus guère; toutefois, il aime à garder le lit et n'en sort que pour le moment du dîner. L'expression de sa physionomie si dure, son ton brusque et ses façons originales ont attiré d'abord notre

attention. « Est-ce vous, m'a-t-il dit aujourd'hui, qu'on
» appelle ici Madame la Baronne? » « Oui, mon ami. »
« Alors vous êtes noble, et j'en suis bien aise. Avant la
guerre, j'étais valet de ferme chez un baron ; j'ai toujours
servi des riches et des nobles, et je ne serais pas fâché
d'être à mon tour servi par eux. » « Vous verrez, mon
enfant, lui dis-je, que lorsqu'ils s'y mettent, ce sont de
fameux serviteurs. » « Nous verrons cela ; cherchez-moi à
boire! » me dit-il brusquement, comme pour commencer
l'épreuve. « Oh! non, pas comme cela, lui répliquai-je
en riant, je dis toujours s'il vous plaît, quand je demande
quelque chose à mes domestiques, et il faut faire comme
moi. » Il fronça le sourcil et hésita un instant ; mais
voyant que je restais immobile au pied de son lit, et
l'envie de boire l'emportant sans doute sur toute autre
considération, il finit par se rendre aux exigences de la
politesse. La sœur Eugène ne l'appelle plus que le gentilhomme. Ce pauvre garçon a du fiel dans le cœur pour les
gens qui, étant ses maîtres, ne surent peut-être pas se
faire ses amis ; et voilà qu'il confond dans un même sentiment de réprobation tous les gens titrés et riches. Cela
n'est pas juste, et nous nous donnons tous le mot pour
essayer de le faire revenir de ses préventions.

Jeudi 16 février.

J'ai promené en voiture aujourd'hui quatre de nos
estropiés, peu familiarisés encore avec le maniement de
leurs béquilles ; de ce nombre était un zouave, un Afri-
cain, qui, après la bataille de Sedan, a subi l'amputation
d'une jambe ; l'autre jambe avait reçu une blessure qui

n'est pas cicatrisée encore. Il avait été recueilli et soigné dans une ambulance du Cateau, récemment évacuée.

Ali-Ben-Nahmed, le zouave, est grand et fort, ses yeux sont noirs et expressifs, ses dents blanches; le rayonnement de bonté et de naïveté répandu sur toute sa physionomie lui donne une expression enfantine, son caractère est doux et facile; malheureusement, le pauvre garçon entend peu le français et le parle moins encore.

Il est incapable de se servir de la jambe blessée qui lui reste, il ne peut sortir de son lit ni se mouvoir qu'à l'aide des infirmiers. Il joue en perfection aux jeux du damier et des dominos; c'est sa seule distraction. Ali est ordinairement assez gai; depuis deux jours il semblait mélancolique, j'ai appris qu'il témoigne de la tristesse de ne pouvoir sortir. Disposant d'un peu de loisir aujourd'hui, j'ai pris une voiture ouverte, et, à la grande joie de notre blessé, je l'y ai fait installer à mes côtés; deux autres mutilés nous ont fait vis-à-vis, un quatrième s'est hissé sur le siége à côté du cocher. Nous nous sommes fait conduire à la campagne, à quelques kilomètres de la ville. Pendant la promenade, Ali a retrouvé son bon sourire habituel; il s'était paré, pour cette circonstance, de la belle ceinture de flanelle rouge que lui avaient donnée les demoiselles Nyssens, au moment de leur départ. Pauvre Ali! Rentré dans ta cabane et te rappelant les cruautés dont tu as été tour à tour témoin et victime, je crains que tu ne trouves que les Européens qui ont conquis ton pays, sous prétexte de le civiliser, ne sont pas beaucoup moins féroces que les lions et les tigres du désert. Mais au moins, c'est l'instinct de leur conservation qui pousse ces animaux-là à tuer et à déchirer d'autres animaux, qui ne sont point leurs semblables. Pourquoi donc se battent-ils entre eux, ces chrétiens civilisateurs? te demandera-t-on. Oh! l'incroyable histoire à raconter là-bas peut-être, que celle de cette guerre qui coûta tant de sang et d'argent, entreprise par la France contre la Prusse à l'occasion de l'offre de la couronne d'Espagne à un jeune prince allemand nommé Hohenzollern, qui ne se souciait, dit-on, pas plus d'accepter ce trône, que son parent le roi de Prusse ne se réjouissait de l'y voir asseoir !

Vendredi 17 février.

Rien de nouveau à l'ambulance, mais pour moi une lettre de mon amie qui, après dix jours d'anxiétés, a reçu enfin une lettre de son fils, il n'est pas blessé... Dieu a protégé l'enfant de celle qui a servi de mère à tant d'infortunés !

M^me Behrends à M^me de Crombrugghe :

Janvier 1871.

...... Connaissez-vous la fête du Christbaum (l'arbre de Noël) qu'apporte l'enfant Jésus à nos enfants pendant la nuit du 25 décembre ?

Il était pauvre et bien modeste l'arbre que j'offrais à mes chers blessés, et pourtant peu d'arbres de Noël n'auront été admirés davantage ni auront provoqué de plus touchantes émotions. Bien des larmes roulaient jusque dans les barbes de tous ces hommes qui, sous les fortifications de Paris, pleuraient la famille absente.

Tous nous étions privés là de la présence de ceux qui nous sont le plus chers, nous représentions une famille dont le malheur avait réuni les membres. Quelques jours après, une nouvelle année commençait au bruit de détonations effroyables annonçant de nouvelles destructions.

Souvent, le soir, des étrangers nous arrivent au dépôt : ce sont des volontaires de la Croix-Rouge, conducteurs de chariots, dont la mission consiste à enlever les blessés couchés sur le champ de bataille et à les transporter aux stations d'évacuation. Ils rapportent à leur retour des caisses contenant des vivres qu'on leur remet au dépôt central. Généralement, ces caisses sont convoyées par des membres de la Croix-Rouge, appelés familièrement Liebesonkel (1). Ces Messieurs sont à moitié gelés et affamés en arrivant, ils risqueraient fort de ne pouvoir ni s'abriter ni se nourrir, si l'administrateur du dépôt ne s'ingéniait pas à venir à leur secours, quel que soit leur nombre.

Parmi les hôtes nouvellement arrivés se trouvait le docteur Lévy, de Hambourg, qui, à l'occasion de la Noël, remit 20 francs à chacun de mes protégés.

Je quitterai bientôt Lagny. Le baron de W. m'a remerciée pour les services que j'ai pu rendre ; un médecin me remplacera ici. Il n'est que trop vrai que le désir d'éloigner les personnes qui servent la cause et non tel ou tel maître indique la faiblesse qui caractérise certaines incapacités mises au service de la sérieuse mission à laquelle nous nous sommes vouées. L'organisation de la Croix-Rouge est encore à l'état d'enfance, il est bon d'en signaler à l'occasion les lacunes et les inconvénients. La division du travail est une loi que l'on n'enfreint pas impunément ; ne faudrait-il pas laisser uniquement aux représentants de la Faculté le choix du traitement et du personnel infirmier pour le service des blessés et des malades, et réserver aux gens experts dans le commerce et l'économat, les fonctions de pourvoyeurs et de distributeurs ? La position exceptionnelle des chevaliers de Saint-Jean ne devrait faire de ceux-ci que des intermédiaires entre les chefs de l'armée et ces spécialistes. S'il

(1) La patrie envoyant des secours à ses enfants blessés et absents, celui qui les leur apporte est considéré par eux comme un messager de l'amour maternel.

en avait été ainsi, chère amie, vous n'eussiez pas eu à Sarrebrück le désagrément de vous voir éconduire par le comte de Solms, alors que, quelques heures plus tard, le docteur Küpper vous accueillait avec joie, vu la pénurie des infirmiers ou infirmières dans ses hôpitaux et dans ses ambulances; et moi, si nécessaire encore ici, je ne me verrais pas dirigée en ce moment sur Orléans.......

Samedi 18 février.

Ce matin, une vingtaine de nos convalescents appartenant aux provinces du Midi de la France nous ont quittés. Ils ont été dirigés sur Dunkerque, d'où ils s'embarqueront pour Bordeaux, sous la conduite d'un médecin militaire. Notre ami le Provençal était de ce nombre; la plaie de sa main est en bonne voie de guérison; mais il ne pourra plus se servir que très-imparfaitement des doigts qui lui restent. L'ordre de ce départ, arrivé hier soir inopinément, n'a permis ni à la sœur Marie, ni à moi d'achever une paire de chaussettes que nous lui destinions. « N'importe, a-t-il dit, donnez-les toujours, *Elle* les achèvera. » Je lui ai remis pour la cousine un chapelet en nacre que je la prie de garder en souvenir des prières qu'elle faisait là-bas pour son fiancé que je soignais ici.

Quelle que soit la satisfaction que nous ressentions en voyant la plupart des soldats entrés ici, accablés par la souffrance ou la maladie, nous quitter successivement, guéris, en possession de l'usage complet ou partiel de leurs membres, nous n'en éprouvons pas moins à chaque départ une sorte de serrement de cœur : or, il est rare que cette émotion ne soit pas partagée par tous ces braves gens que nous avons soignés comme s'ils étaient nos amis, nos parents… Ils ne nous oublieront jamais, disent-ils, je crois qu'ils disent vrai. Nos petites ressources pécuniaires nous permettent de les munir, au moment du départ, de chaussures, de vêtements, et de quelque argent de poche. L'état de notre lingerie nous permet aussi d'y ajouter d'autres accessoires de toilette. Beaucoup de ces soldats songent avec inquiétude à la misère qui les attend soit dans leurs villages ruinés par l'invasion, soit dans leurs familles privées depuis six mois des bras qui les faisaient vivre. Plusieurs d'entre eux, désignés pour rentrer chez eux en congé de convalescence et ne se sentant pas la force suffisante pour gagner le pain que leurs vieux parents ne sauraient leur procurer, font de vives instances pour pouvoir prolonger ici leur séjour ; cette permission leur est volontiers accordée par le chirurgien major Allaire, chef du service sanitaire de la garnison, qui fait preuve sans cesse pour les soldats d'une sollicitude toute paternelle, et pour nous d'une obligeance toute courtoise.

Dimanche 19 février.

C'est aujourd'hui le dimanche gras, peu de gens fêteront cette année le carnaval en France ; le retour des jours habituellement consacrés aux fêtes et aux réjouissances se produisant au milieu de circonstances douloureuses, provoque par une espèce de réaction un surcroît de tristesse ; je n'ai pas voulu qu'il en fût ainsi pour nos convalescents. La mélancolie étant une visiteuse importune, ma sœur Eugène et moi, avons fait dès ce matin un grand complot qui a parfaitement réussi. Après notre conciliabule, la bonne petite sœur Marie s'en est allée

disposer, dans l'asile du faubourg qu'en temps ordinaire
ces saintes filles dirigent, tout ce qu'il fallait pour recevoir cet après-midi ceux de nos pensionnaires qui peuvent marcher ou supporter la voiture. Le temps était superbe. Après le repas du midi, sœur Eugène et Mᵐᵉ Bosquet ont accompagné les blessés à la promenade ; je suis
montée dans un omnibus avec Ali et une dizaine de nos
estropiés ; nous avions fait charger, sur l'impériale de la
voiture, des paniers contenant des tartes de grande dimension, du sucre, du rhum pour le punch traditionnel
du dimanche, et quelques friandises que l'excellente
Mᵐᵉ Boniface, instruite du projet, s'était empressée de
nous envoyer. Mˡˡᵉ Teichman et M. Goris avaient, avec
leur abnégation ordinaire, réclamé la garde de nos blessés
et malades restés à l'ambulance.

L'asile Louise, établissement riant et spacieux, a été
construit récemment au faubourg Saint-Roch ; il doit sa
fondation à une pieuse et touchante pensée.

M. et Mᵐᵉ Brabant, ayant perdu une jeune enfant qui
faisait la joie de leur maison, ont cherché dans le bien
qu'ils procureraient aux enfants des ouvriers de leurs
vastes établissements, une diversion à leur profonde douleur, et, en donnant à cet asile le nom de leur fille, ils
ont voulu perpétuer le souvenir de la chère petite parmi
les pauvres que son jeune cœur aimait à soulager.

La fête s'est passée à merveille ; nos braves gens étaient
si heureux de respirer l'air de la campagne ! Lorsque le
moment du goûter est arrivé, c'était plaisir de voir avec
quel entrain tous prenaient place autour de la grande
table dressée par les Sœurs dans la salle de l'école. Le
régal a été excellent. Quelle joyeuse humeur chez tout le
monde ! Il y eut des récits, des toasts accompagnés de
hourras pour chacune de nous. Le temps s'est passé si

9.

gaiement et si rapidement, que lorsque l'heure de la retraite a sonné, c'était à qui regrettait de voir se terminer,
sitôt cette bonne partie de plaisir.

Lundi 20 février.

Le gentilhomme a fait des siennes et voilà tous nos
beaux projets de réconciliation renversés! Nous espérions
si bien que par notre zèle empressé à le soigner (je crois
même que nous le gâtions un peu), et par notre patience à
endurer les boutades de sa mauvaise humeur, nous le ra-
mènerions tout doucement à plus de bienveillance envers
les classes qui, parmi leurs priviléges, n'ont pas celui de
lui plaire; hélas! la mesure de sévérité que j'ai été con-
trainte de prendre à son égard va accroître encore
ses préventions. A six heures du soir seulement,
notre enragé démocrate est rentré aujourd'hui de sa promenade. Il était sorti pour la première fois; il a réclamé
en termes impérieux son souper. Je lui ai dit avec douceur que, ayant malgré mes recommandations prolongé
sa promenade de deux heures au-delà de la rentrée
habituelle, non-seulement il ne souperait pas, mais
qu'il serait privé de sortie le lendemain. Ah! je ne sou-
perai pas, a-t-il dit, nous allons voir cela! et s'armant
d'une canne, qu'il alla prendre sur son lit, il marcha résolûment vers la porte en brandissant son bâton.
Il m'y trouva, très-calme mais très-ferme; je lui ordonnai
d'aller se coucher. Mon attitude sembla l'étonner, et il
se dirigea assez piteusement vers son lit. Mais, lorsqu'il m'eut vue entrer dans la petite salle, pour y faire la
prière du soir, il recommença sa manœuvre; armé de

son bâton, il réussit à intimider les infirmiers qui s'opposaient à sa sortie . J'ai fait immédiatement prévenir l'autorité militaire; le gentilhomme a été bientôt emmené au poste et de là à la prison où il pourra réfléchir tout à l'aise sur les inégalités sociales et aussi sur la sévérité du règlement des ambulances.

J'avoue que cet incident m'a vivement contrariée, affligée même; c'est dans ma carrière d'infirmière le premier acte d'indiscipline que j'ai eu à constater; le bon ordre si nécessaire dans un hôpital exigeait qu'il fût réprimé sans hésitation.

J'ai fait remarquer ce soir encore à M. l'Intendant, combien il est urgent d'avoir parmi nous ce représentant de l'autorité militaire que je continue de réclamer sans l'obtenir.

Nous ne devrions pas être exposées au désagrément de scènes pareilles à celle qui a eu lieu tantôt.

On nous a prévenues ce soir que dès demain plusieurs de nos pensionnaires, empêchés de rentrer chez eux à cause de l'occupation de leurs départements et qui ne sont plus dans la catégorie des convalescents, seront placés au dépôt des isolés, établi dans la citadelle de Cambrai. On fait partir en ce moment, avec un certain empressement, tous les soldats convalescents retenus encore dans les différentes ambulances de la ville; il semble que l'expiration de l'armistice étant prochaine, on veuille rendre les hôpitaux disponibles pour le cas où, la guerre recommençant, ce pays en redeviendrait le théâtre.

Mes compagnes sont d'avis que si, par le fait de la paix, notre mission se trouvait terminée à Cambrai, nous pourrions, si cela était nécessaire, aller nous utiliser encore à Paris ou dans ses environs. Il est à prévoir que d'ici à huit jours nous pourrons faire transporter dans les hôpitaux sédentaires de la ville ceux de nos blessés qui seraient encore alités à ce moment-là.

Je me suis décidée à partir demain pour Paris, afin d'y aller juger par moi-même de l'opportunité de notre installation sur ce nouveau terrain; mon absence sera courte.

Vendredi 24 février.

Je suis rentrée hier soir de Paris. Je m'y étais rendue en compagnie de M. l'Ingénieur en chef et de M. le maire de Cambrai qui y allaient pour leurs affaires.

A partir de Saint-Quentin les gares sont généralement occupées par les Prussiens. Que de dévastations le long de la route! A Pontoise il nous fallut quitter le train et traverser la rivière sur un pont de bateaux, celui du chemin de fer ayant été détruit au mois de septembre, afin de retarder la marche des Prussiens sur Paris. Quelques Parisiens sont montés dans le train qui nous attendait. Ils étaient très-causeurs, très-animés; c'était chose curieuse que de les entendre parler des événements de la guerre, du siége et de la reddition de Paris, du gouvernement passé et du gouvernement présent! tout était critiqué, blâmé, honni par ces Messieurs, et les hommes, pas plus que les différents régimes, ne trouvaient grâce devant eux; quant à l'avenir, ils ne prévoyaient rien de bon ni de réalisable.

Me rappelant en ce moment les divers genres de mécontentements politiques dont j'ai pu entendre l'explosion chez un assez grand nombre de Français, d'opinions très-opposées, pendant mon séjour en France, je

trouvai assez étrange d'en rencontrer en quelque sorte
toute la synthèse chez nos compagnons de route. Depuis
quelque temps, je crois n'avoir pas eu l'occasion de constater chez un Français, quel qu'il soit, le désir de voir
triompher en ce moment le parti auquel le rattachaient
naguère ses aspirations politiques. Si cette disposition est
générale, elle dénonce une situation déplorable, elle ré-
vèle l'absence de toute foi dans les hommes et les principes,
et elle ouvre à larges battants la porte au découragement
et à l'inconnu.

On parle de toutes parts de la possibilité de la guerre
civile.

Pour que ce dernier malheur menaçât la France, il
faudrait, me paraît-il, supposer l'existence de partis
sérieux, établis sur des bases solides. Or, qui peut
affirmer avec quelque autorité qu'il se trouve des con-
victions politiques assez vigoureuses et assez profondes
en France aujourd'hui, pour enflammer les esprits et
armer les bras.

Paris m'a paru morne et triste; à peine quelques omnibus et quelques rares voitures circulent dans la ville.
Paris, sans étalages aux magasins de luxe, sans gaz le
soir et privé de sa population ordinaire! On ne voit dans
les rues que des gens du peuple, des gardes nationaux ou
des soldats désarmés, la plupart dans une tenue plus que
négligée.

Le lendemain de mon arrivée je me rendis de bonne
heure chez M. le comte de Flavigny qui, en sa qualité de
président de la Société de secours aux blessés, pouvait
mieux que personne apprécier la nécessité de nos services à Paris ou ailleurs et me renseigner sur la proba-
bilité du transport des blessés de Paris dans le Nord.

M. de Flavigny, me fit un accueil empressé autant

qu'aimable. Au début de notre entretien il me rappela les relations amicales qu'il avait eues, il y a quelque quarante ans, avec mon beau-père dans les cours du Nord, où tous les deux remplissaient à cette époque des fonctions diplomatiques.

Il me donna tous les renseignements que je désirais. L'évacuation des ambulances de Paris avait commencé depuis quelques jours avec grande activité; dix mille blessés étaient expédiés dans l'Ouest et dans le Midi de la France; la rupture des ponts sur les chemins de fer du Nord et du Centre nécessitant la descente des voyageurs, rendait impossibles les transports de blessés dans ces directions. M. de Flavigny ajouta que le nombre des blessés restant à Paris se trouverait bientôt assez réduit pour que les sœurs de charité et les infirmières ordinaires pussent suffire à la besogne. J'acquis de la sorte la certitude que notre mission touchait à sa fin.

Le respectable Président de la Société de secours, apprenant mon intention d'aller visiter quelques ambulances, eut l'obligeance de mettre à ma disposition sa voiture attelée d'un des rares chevaux qui avait échappé aux exigences du siége de Paris, et en ce moment de complète pénurie de fiacres, ce me fut un grand secours. Je visitai d'abord l'ancien hôtel de la princesse Mathilde, rue de Courcelles, transformé en lingerie et magasin de vêtements pour les blessés. C'était chose intéressante à constater, grâce à tout ce qui restait encore là, que la quantité d'objets que la charité privée y avait dû amasser avant et pendant le siége. Je me rendis ensuite, boulevard des Capucines, au Grand Hôtel. Il avait été transformé en une ambulance contenant 500 lits, et desservie par soixante-deux dames du grand monde qui, sous la direction de la comtesse de Flavigny, y avaient pendant près de cinq mois rempli l'office d'infirmières avec un zèle et une abnégation au-dessus de tout éloge. Plusieurs de ces dames, naguère reines de la mode, législatrices de la fashion, venaient d'y racheter par leur charité active la frivolité de leur vie passée. Quelques unes d'entre elles reconnaissaient naïvement ne s'être à aucune époque de leurs succès, senties aussi satisfaites d'elles-mêmes et plus heureuses. Leur aimable et respectable directrice, à laquelle les âmes pieuses doivent des recueils de prières intelligentes et chrétiennes, voulut bien me guider au travers de ce labyrinthe d'étages et d'appartements, dans lequel, je crains bien, le luxe et le confort des chambres ne remplacèrent pas toujours avantageusement pour les grands blessés les dispositions hygiéniques des baraques. Celles-ci suffisamment closes, contre les rigueurs de l'hiver, établies n'importe où, n'eussent, en tous cas, pas coûté les cinq cents francs réclamés par jour, pour la location du Grand Hôtel. Le nombre des décès parmi les amputés y avait été grand; certes on était tenté de l'attribuer d'abord à l'empressement que l'on eut naturellement de porter à cette ambulance où pratiquait Nélaton, les blessés les plus gravement atteints; mais cette agglomération de blessures suppurantes dans des chambres closes, peu spacieuses et tapissées y avait été, sans nul doute, la cause principale des échecs multipliés qu'y éprouvèrent la science et le dévouement. J'allai voir plusieurs autres ambulances, entre autres celle de la Salpêtrière; le système du baraquement y avait été adopté, deux cents blessés étaient recueillis et soignés là dans les meilleures conditions. J'eus pendant cette tournée la chance de rencontrer un certain nombre de jeunes gens blessés, appartenant à des familles du Nord; deux d'entre eux étaient les fils de cultivateurs des environs de Cambrai.

Je pris leurs noms, m'informai de leurs besoins, leur remis quelque argent et m'engageai à faire parvenir de leurs nouvelles à leurs familles. J'obtins aussi dans une de ces ambulances que trois convalescents recevraient le lendemain leurs feuilles de sortie et m'accompagneraient à mon retour.

Ces soldats en apprenant leur prochain départ, faisaient éclater leur joie. L'un d'eux, un pauvre amputé du bras droit, avait, disait-il, à plusieurs reprises, fait ses adieux à sa famille qu'il n'espérait plus revoir jamais. La gravité de sa blessure, la lenteur de sa convalescence, enfin son peu d'espoir de revoir le pays avaient provoqué chez cet infortuné une anémie qui ruinait le reste de ses forces; c'est ainsi qu'après avoir échappé aux suites souvent mortelles de l'amputation, il s'en allait, me disait une bonne sœur de charité, se mourant de consomption.

Le soir venu, je me rendis chez la comtesse de Flavigny qui avait eu la bonté de m'inviter avec quelques personnes de sa famille. L'aimable Comte qui, en sa qualité de président de la Société de secours, titre équivalent, pour nous, au grade de Général, se plaisait à ne m'appeler que son infirmier-major, me pressa de lui donner quelques détails sur les divers systèmes de secours aux blessés que j'avais pu voir fonctionner en Allemagne et en France. Tous, dans cette réunion, nous étions des ambulanciers, le sujet était de mise. Je me plus tout d'abord à rendre hommage à l'intelligence et à l'activité du Comité de secours anglais. Disposant d'immenses ressources (plus de dix millions de francs) les Anglais avaient eu, pendant toute la guerre, le talent de se trouver toujours dans le voisinage des lieux où la nécessité des secours allait se faire sentir, de sorte que, le moment

venu, ils joignaient à l'abondance des dons le grand
avantage de la promptitude de leur répartition. J'ai
pu fréquemment apprécier le tact des Anglais dans
le choix de leurs secours consistant en comestibles,
vêtements, médicaments, moyens préservatifs; j'ai eu
trop souvent à me louer de leur générosité à l'égard de
nos ambulances, pour ne pas saisir en toute circonstance
l'occasion de m'acquitter d'une dette de justice et de reconnaissance en proclamant l'importance de leurs services et de leurs bienfaits. Je fis ressortir aussi les
secours précieux prodigués dans les ambulances de Sarrebrück et de Metz aux blessés français par le Comité de secours hollandais, et l'organisation intelligente, confortable
et remarquablement pratique de leurs ambulances. La
guerre avait trouvé le Comité hollandais tout préparé,
armé de pied en cap pour ses expéditions de charité; les
chirurgiens, hommes habiles et expérimentés, les direc-
teurs et directrices d'ambulances, au fait de toutes les
exigences des hôpitaux mobiles, les infirmiers et infirmières au courant de leur métier, le matériel portatif,
tentes, literies, objets de pansements, médicaments et de
vêtements, attirail de cuisine, provisions de bouche, tout
était prêt pour former immédiatement des ambulances, soit en rase campagne, soit sur des places ou sur
des terrains vagues dans les villes. Il ne m'appartenait
pas de m'appesantir sur les services rendus par le Comité
belge; mais tout en constatant que mes compatriotes
avaient tenu à honneur d'apporter aussi leur large part
dans ce concours de bienfaisance, je ne pus qu'exprimer
une fois de plus le regret que le manque d'organisation,
le défaut d'une préparation précédant la guerre, eussent
parfois paralysé, parmi mes compatriotes, les meilleurs
dévouements. J'émis l'opinion que les Comités tant fran-

çais que belges avaient bien des choses à apprendre et
que nul n'était plus apte que les Anglais et les Hollandais à leur donner de bonnes leçons dans l'art généralement difficile, surtout en temps de guerre, de bien faire
le bien.

Dans cette analyse succincte des exploits de la charité
en faveur des victimes de la guerre, je ne manquai pas de
citer les actes de générosité de la part des Allemands à
l'égard de leurs prisonniers blessés. Je n'aurai pas la témérité de conclure du particulier au général, ni de poser
en faits habituels ceux dont j'ai été incidemment témoin ;
mais ce que je puis affirmer. c'est que, tant à Sarrebrück
qu'à Metz, à Remilly, en un mot, partout où j'ai rencontré
des Français blessés et prison iers, j'ai pu constater que
leurs adversaires les traitaient avec tous les ménagements
que réclamait leur position. Je rappelai aussi les recommandations qui nous furent faites à leur égard à Sarrebrück, au nom de la reine de Prusse, et la manière dont
on en tenait compte dans les hôpitaux mixtes et spéciaux.

Hier matin, dès sept heures, mes compagnons de route
se trouvaient à l'hôtel où je leur avais donné rendez-vous.
C'était plaisir de voir comme ils étaient contents de quitter
ce Paris, dans lequel ils avaient été enfermés depuis cinq
mois, dont trois passés à l'ambulance. Les deux valides
prétendirent porter mes objets de voyage. Je pris à mon
bras le pauvre manchot, peu dispos encore pour la marche, et nous partîmes pour la gare. Hélas ! le train
était parti ce jour-là plus tôt que de coutume, et force
nous fut d'attendre le départ suivant. La régularité du
service, me disait-on, n'était pas telle, qu'il eût été
prudent pour nous de nous éloigner beaucoup de la gare.
Il fallait guetter les départs ordonnés ou suspendus,
selon le bon vouloir de Messieurs les Prussiens établis à

Saint-Denis. Après cinq heures d'attente, nous partîmes enfin. Mes compagnons descendirent à Busigny, après m'avoir fait des protestations qui me touchèrent beaucoup. Je suis rentrée à Cambrai vers 10 heures du soir. Tout est bien ici.

Samedi 25 février.

Nouveau départ de soldats convalescents ou légèrement blessés. Il ne nous reste plus qu'une vingtaine de pensionnaires. Le nombre total des blessés ou malades qui ont été recueillis à cette ambulance , depuis le 20 janvier, s'est élevé à cent cinquante-trois.

Dimanche 26 février.

Un soldat blessé, arrivé il y a quinze jours de Saint-Quentin, a subi aujourd'hui une opération douloureuse ; un éclat d'obus lui ayant fracassé la jambe, il avait fallu la lui amputer dès le lendemain de la bataille; peut-être l'opération avait-elle été faite un peu précipitamment, il a fallu réduire l'os que les chairs ne recouvraient pas. Le patient, que le chirurgien n'a pas cru devoir chloroformer, a jeté des cris perçants. Encore une triste, bien triste histoire que celle de ce pauvre mutilé. A l'expiration de son temps de service militaire, il était rentré à Valenciennes, y avait repris son ancien métier de maçon et s'était marié; un enfant lui était né environ un an après. Au mois d'août, les raccoleurs vinrent à Valen-

ciennes; le malheur fit qu'il les rencontra au cabaret où,
après s'être enivré à leur instigation, il signa un nouvel
engagement; le voilà obligé de renoncer au métier qui
faisait vivre sa famille. Sa femme est venue 'e voir aujourd'hui même; cette visite était inattendue; elle apportait son enfant, le vieux père du blessé les accompagnait;
que cette entrevue fut triste ! J'en avais redouté d'abord
l'effet pour le patient et ne l'ai permise qu'après y avoir
été autorisée par le chirurgien. La pauvre jeune femme
ne parlait qu'en sanglottant; le vieux père, les yeux bai-
gnés de pleurs, ne pouvait articuler un seul mot; le
blessé était fort ému, j'attirai tout de suite son attention sur le joli petit être qui regardait son père en souriant. O pouvoir de l'enfance! J'oserai dire qu'en ce
moment le charme exercé par l'enfant sur le père do-
minait dans son cœur toute autre émotion. Dans ce
groupe de souffrances, ce gracieux petit être représentait
l'ange de la consolation. J'en fis tout haut la remarque, et
pour quelques instants l'enfant devint l'objet des préoccupations de la famille. Ces braves gens ont dîné à l'ambulance. Malgré la gêne de sa vie actuelle, la pauvre jeune
femme qui ne gagne que vingt-cinq sous par jour à la
fabrique, tandis que le vieux père garde l'enfant et la maison, fit en arrivant les plus vives instances pour qu'on lui
permît d'emmener son mari chez elle. J'ai désiré qu'elle
jugeât de la nature des soins qu'exigeait le pauvre
blessé, afin qu'elle reconnût elle-même l'impossibilité de
réaliser son désir. Elle en a été bien vite convaincue.
Voilà que par une heureuse coïncidence M. Briquet est
arrivé tantôt; ce blessé avait été soigné d'abord chez lui
et il s'intéresse fort à sa triste position. Toujours bon et
généreux, il lui a remis cent francs pour l'entretien de sa
famille. La jeune mère est partie plus résignée. Si notre

pauvre patient a souffert ce matin, Dieu lui a du moins réservé, aujourd'hui même, la double consolation de revoir sa famille et de pourvoir à ses besoins.

Lundi 27 février.

On annonce la ratification des préliminaires de la paix.

Encore un départ de quelques convalescents et ce départ-là sera le signal du nôtre. L'amputé et quelques autres alités vont être transportés à l'hôpital Saint-Julien; M. Goris restera quelques jours encore pour surveiller les blessés convalescents que continueront à soigner jusqu'au moment de leur départ, nos chères sœurs de Charité. Demain M^me Bosquet, M^lle Teichman et moi reprendrons le chemin de la Belgique.